Michaela Abresch

Das Mirakelbuch

Historische Erzählungen aus dem Westerwald

acabus Verlag

Abresch, Michaela: Das Mirakelbuch. Historische Erzählungen aus dem Westerwald, Hamburg, acabus Verlag 2018

3. Auflage
ISBN: 978-3-86282-152-5

Dieses Buch ist auch als eBook erhältlich und kann über den Handel oder den Verlag bezogen werden.
PDF-eBook: ISBN 978-3-86282-153-2
ePub-eBook: ISBN 978-3-86282-154-9

Lektorat: Susen Truffel-Reiff, acabus Verlag
Umschlaggestaltung: ds, acabus Verlag
Covermotiv: © Freesurf - Fotolia.com
Karte: © Veronika Adams

Bibliografische Information der Deutschen Nationalbibliothek:
Die Deutsche Nationalbibliothek verzeichnet diese Publikation in der Deutschen Nationalbibliografie; detaillierte bibliografische Daten sind im Internet über http://dnb.d-nb.de abrufbar.

Der acabus Verlag ist ein Imprint der Diplomica Verlag GmbH,
Hermannstal 119k, 22119 Hamburg.

---

1. Auflage, acabus Verlag, Hamburg 2012
2. Auflage, acabus Verlag, Hamburg 2015

http://www.acabus-verlag.de
Printed in Europe

Inhalt

Ein Engel für Aleydis

(Die Wälder nahe der Cistercienserabtei Marienstatt, Anno Domini 1324)

Die himmlischen Heerscharen selbst hätten den Gesang nicht vollkommener hervorbringen können. Zuweilen war nur eine einzelne Stimme zu vernehmen, dann wiederum tönten mehrere und es war unmöglich zu sagen, wie viele sich schließlich vereinigten, um zum Lobe Gottes anzuheben.

Gela blieb stehen, die Ohren gespitzt wie ein lauernder Fuchs. Sie horchte so gebannt, dass sie darüber die Kälte der Nister vergaß, deren kleine, wilde Strömungen gurgelnd ihre Füße umspülten. Sie grub ihre Zehen in den schlammigen Grund, setzte vorsichtig einen Fuß vor den anderen und watete weiter durch das seichte Wasser. Nur noch wenige Schritte bis zum jenseitigen Ufer.

Halt dich von den Menschen fern! Die Worte der Eltern. Sie hatten Aleydis gegolten, nicht ihr. Aleydis war diejenige, die ohne Seele zur Welt gekommen war, wenige Augenblicke nach Gela. Während die eine Schwester schon an der Brust der Mutter gesaugt hatte, war die zweite in den Händen der Hebamme beinahe gestorben, ohne die Augen jemals geöffnet zu haben. Wodurch sie überlebt hatte, wusste niemand zu sagen. Zuerst hatten alle von einem Wunder gesprochen, aber damit aufgehört, als sich zeigte, dass Aleydis eine Seelenlose war und keinen Verstand besaß.

Unter Gelas nassen Füßen blieben Dreck und winzige Steinchen kleben, während sie den schmalen, Baum gesäumten Pfad entlanglief. Die Choräle schwollen an, wieder hob sich eine der Stimmen aus der Menge heraus, sie war es, die Gela weitertrieb.

Sie blickte auf. Der Turm, hinter den Bäumen. Etwas Glänzendes blinkte auf der Spitze, hoch droben, fast in den Wolken. Wie ein Stern, vom Himmel gefallen, um den Menschen den Ort zu zeigen, an dem die vom Herrgott als Boten und Beschützer geschickten Engel lebten.

Der Pfad machte einen Bogen und gab sogleich die Sicht frei auf das Bauwerk, aus dessen Mitte der Turm aufragte. Den Kopf in den Nacken gelegt, starrte Gela hinauf zur Spitze. Sie hatte nicht gewusst, dass man Häuser bauen konnte, die in den Himmel reichten. Die rotbraunen Schiefersteine und die hohen spitzbogigen Fensteröffnungen erinnerten sie auf schmerzliche Weise an die Kapelle auf dem Streithausener Kirchhof, in der sie nicht mehr gewesen war seit der Totenandacht, die man für ihre Mutter dort gehalten hatte.

Von einem Augenblick zum nächsten verebbten die Gesänge. Gela beobachtete, wie sich eine Tür öffnete. Heraus traten fromme Männer, wie Gela sie früher schon im Dorf gesehen hatte. Sie kamen gelegentlich zu den Kornmärkten oder nahmen sich der Bettler an und waren in helle, bis zu den Füßen reichende Kutten aus grobem Stoff und schwarze, ärmellose Obergewänder gehüllt, die sie in der Taille mit einem Strick gürteten. Rasch duckte Gela sich ins Gestrüpp. Fromme Männer waren keine Engel, soviel wusste sie, auch wenn sie ihnen äußerlich mehr ähnelten als den Menschen.

Eilig machte sie sich auf den Rückweg. Wachte Aleydis auf, bevor sie zurück war, würde sie vor Angst wieder irgendwelche Torheiten begehen. Sich in die Hände beißen, bis sie bluteten, oder ihren Kopf wieder und wieder gegen einen harten Gegenstand schlagen.

Ich werde sie fortbringen, hatte der Vater eines Tages zu Gela gesagt, nur wenige Tage nach dem Begräbnis ihrer Mutter.

Fortbringen, wen? Gela hatte nicht verstanden. Ihr Blick war dem des Vaters gefolgt, hinüber zu Aleydis, die in der Ecke im Stroh gekauert und mit offen stehendem Mund ins Leere gestarrt hatte.

Sie ist ein Balg ohne Seele, war seine Antwort. Nie nannte er Aleydis bei ihrem Namen. *Kinder wie sie gehören eingesperrt, sie sind ein Werk des Teufels, ich bringe sie dorthin, wo sie unter ihresgleichen ist.*

Aleydis hatte daraufhin mit beiden Armen ihren Oberkörper umschlungen und angefangen, ihn ruckartig vor und zurück zu wiegen.

Gela hatte sich zu ihr gekniet und sie fest an sich gedrückt. *Aber sie ist meine Schwester! Ihr dürft sie nicht fortschicken! Sie wird sich fürchten, wenn ich nicht bei ihr bin!*

Es hatte wehgetan, als sich der Blick ihres Vaters hart in ihr Gesicht bohrte.

Dummes Zeug! Es ist das Beste für sie und uns alle, und jetzt kein Wort mehr davon!

Schon von weitem entdeckte sie ihre Schwester auf der Lichtung. Mit von sich gestreckten Beinen saß sie im taufeuchten Gras und blinzelte über die Wipfel der Tannen hinweg in die Sonne, die im Osten aufging. Als sie Gela erspähte, erhob sie sich. Ihr rechtes Bein war kürzer als das linke, was ihr den hinkenden Gang verlieh, an dem man sie schon aus der Ferne erkannte. Während Gela die Arme ausbreitete und Aleydis' Namen rief, tauchte eine Erinnerung auf. Die letzte Nacht in ihrem Elternhaus. Aleydis neben ihr auf der harten Strohmatratze hatte schmatzende Geräusche von sich gegeben. Im Dunkeln hatte Gela nach ihrer Schwester getastet. Ihre Hand zu berühren, war als berühre sie ihre eigene. *Wir sind eins, Aleydis, ich lasse dich nicht allein.* Der Entschluss war schnell gefasst. Ein Bündel mit einem Kanten Brot darin und zwei Schultertüchern aus der Truhe ihrer Mutter, versteckt unter der gemeinsamen Schlafdecke. Mehr hatte es nicht gegeben zum Mitnehmen. Schuhe besaßen sie keine und die verschlissenen Kleider, die sie auf den Leibern trugen, waren ihre einzigen Kleidungsstücke. Flüchtig hatte Gela sich gefragt, wie lange sich der Hunger wohl aushalten ließe, nachdem der Brotkanten aufgegessen wäre, hatte aber mit dem Nachgrübeln aufgehört, als sie keine Antwort fand.

Halt dich von den Menschen fern!

Sie wusste, dass sie einen verborgenen Ort finden musste, ein Versteck für Aleydis, während sie selbst um Almosen betteln würde.

Mit kurzen heiseren Jauchzern taumelte Aleydis in die Umarmung ihrer Schwester. Wieder und wieder drehten sie sich im Kreis, auf den Sonnenstrahlen tanzten winzige Staubteilchen, Aleydis warf den

Kopf zurück und schloss die Augen und Gela summte eine Melodie, bis sie am Ende schwindelig und lachend ins Gras sanken. Schulter an Schulter lagen sie unter einem Himmel aus Glück. Gela verwandelte die Wolken in Tiere, flocht Haarkränze aus Trollblumen und Aleydis klatschte vor Freude in die Hände, weil sie Fürstentöchter geworden waren.

Die Hütte aus morschem Holz und mit eingestürztem Dach hatte Gela bei einem Streifzug durch den Wald entdeckt. Es war nicht leicht gewesen, sie bewohnbar zu machen und beim Wegräumen der herumliegenden Knüppel, die unhandlich waren und schwer, hatte Gela sich die Handflächen aufgeschürft. Dennoch erfüllte sie großer Stolz. Ein Haus für sie beide. Eine Schwesternhütte. Nachts schliefen sie auf Farnblättern, zugedeckt mit den wollenen Tüchern, die nach ihrer Mutter rochen, und durch das offene Dach fielen die Träume in die Schwesternhütte, geradewegs in ihren Schlaf. Es war Frühling, kurz vor dem Osterfest. An den Winter dachte Gela nicht, er war noch weit weg.

Aleydis hatte nicht gelernt zu sprechen, was vieles schwierig machte, aber in jener Nacht, in der sie ihr Zuhause verließen, ein Glück war. Lautlos wie Nachttiere, die es gewohnt waren, sich ohne ein Geräusch in der Dunkelheit zu bewegen, hatten sie Streithausen den Rücken gekehrt und waren davongeschlichen, hinaus aufs freie Feld. Sie fanden Zuflucht im Buchenhain, in dem sie jedes Jahr das Holz für den Winter holten. Eng aneinander geschmiegt hatten sie dort auf den Morgen gewartet. Nur einmal hatte Aleydis sich in die Hand gebissen, sich jedoch beruhigt, als Gela sie in ihren Armen gewiegt und leise in ihr Ohr gesungen hatte.

Viele Tage waren seither vergangen, längst hatte Gela die Orientierung verloren. Sie hielten sich in den Wäldern auf, die ein sicheres Versteck für Aleydis boten, während Gela in den Dörfern und Weilern um etwas Essen bettelte. Meist gab man ihr nicht mehr als einen Bissen ungesalzenes Brot, es reichte nicht zum Sattwerden für sie beide. Wenn der Hunger sie elend machte, kauten sie Rindenstückchen, die sie von den Bäumen rissen; es tat ihnen gut, etwas Festes zwischen den Zähnen zu spüren.

Erst vor kurzem hatte Gela den Turm mit der glänzenden Spitze entdeckt, in der Nähe der Schwesternhütte, an einem Morgen in der Dämmerung. Es gab eine Glocke darin, Gela mochte ihr helles Läuten. Wenn sie ertönte, eilten kurz darauf die frommen Männer in den Turm, um ihre Choräle anzustimmen. Gela wünschte sich nichts mehr, als Aleydis einmal mit hierher nehmen zu können. Doch die Warnung ihres Vaters hatte sich wie mit glühender Kohle in ihr Herz gebrannt. Dass jemand kommen und Aleydis mitnehmen könnte, war zu ihrer größten Angst geworden.

Eines Morgens erwachte Gela früher als sonst. Der Himmel über der Schwesternhütte war verhangen von dunklen Wolken, in der Ferne schrie ein einsamer Nachtvogel. Aleydis wimmerte im Schlaf. Mit ihren Dreck verkrusteten Fingernägeln kratzte sie an den schorfigen Flecken, die vor ein paar Tagen auf ihrer Haut erschienen waren. Gela wartete, bis Aleydis ruhig wurde, dann erhob sie sich. Sie trat aus der Hütte. Ihre Fußsohlen drückten sich in den Teppich aus Tannennadeln. Über ihr raunte der Wind, er trug den Geruch von Harz und nassem Holz zu ihr herüber. Ein kleiner pelziger Körper huschte über ihre Zehen und verschwand in der Hütte. Fröstelnd zog Gela ihr Wolltuch enger um sich. Bald würde sie es sich zweimal um den Oberkörper schlingen können.

Ob die frommen Männer sich auch in der Nacht zum Lobpreis Gottes versammelten? Im Dunkeln könnte sie sich vielleicht näher an das Haus mit dem Turm heranwagen, um den Gesang deutlicher zu hören. Ohne einen weiteren Gedanken und aufgeregt wie ein Vogeljunges vor dem ersten Flug lief sie los.

Silbrige Nebelschwaden verbargen die Umgebung, doch die Gegend war ihr nicht mehr fremd. Mühelos fand sie zwischen Bäumen und Gestrüpp hindurch. Vom Plätschern der Nister geleitet lief sie weiter. Sie fand die Furt im Bachlauf, an der sie gefahrlos hindurch und zur gegenüberliegenden Seite gelangte. Kurz darauf erhoben sich vor ihr die Umrisse des Turms mit der glänzenden Spitze. Gela blieb stehen, lauschte. Alles war still, die Nacht atmete ein und aus, wie sie es immer tat, ohne Choräle, ohne Stimmen, die sich in den Himmel schwangen. Und doch war etwas anders.

Ein kleines Feuer brannte auf der freien Fläche unweit der Eingangstür und ringsherum standen im Kreis die frommen Männer. Sie trugen wallende helle Mäntel, murmelten Gebete in einer Sprache, die Gela nicht verstand, und in ihren Händen tanzten zuckende Flammen.

Ihren Blick starr nach vorn gerichtet wagte Gela sich weiter. Sie spürte keine Angst, brauchte kein Versteck, die Nacht genügte als Schutz. Scheite knisterten und Funken stoben, als eine Handvoll Reisig ins Feuer geworfen wurde. Einer hob ein irdenes Gefäß mit einem flackernden Talglicht empor und führte damit die Prozession der frommen Männer an, die nach und nach im Haus mit dem Turm verschwand. Als sich die Tür hinter dem Letzten schloss, wagte Gela sich ans Feuer. Die Hände von sich gestreckt, durchdrang sie etwas beinah Vergessenes, wie eine Welle, die sie erfüllte vom Kopf bis zu den schmutzigen Füßen und die die Kälte aus ihren Gliedern trieb, sie lächeln ließ und schläfrig machte. Der Rauch biss in ihren Augen, sie schloss die Lider.

Aleydis. Auf dem feuchten Farnbett. Gela schämte sich der Wärme, die ihren mageren Körper durchströmte, während sie an ihre Schwester dachte. *Könntest du doch hier sein ...*

Das Flüstern erstarb ihr auf den Lippen, als sie Schritte hinter sich hörte. Sie fuhr herum, die Augen vor Schreck geweitet.

Einer der frommen Männer starrte auf sie herab. Er überragte sie um ein Vielfaches, wodurch er trotz seines weißen Ordenskleides bedrohlich wirkte. Mit einem Schlag wich die Wärme aus ihrem Körper. Klamm fühlte sich das feucht gewordene Kleid auf dem Leib an, ein feines Zittern kroch ihr über den Rücken. Unfähig sich zu rühren, senkte sie den Kopf. Konnte einer, der engelsgleiche Choräle sang, etwas Schlechtes im Schilde führen?

Er kniete sich vor sie hin, scherte sich nicht um Staub und Asche, die sein Ordenskleid beschmutzten, und suchte ihren Blick. Vorsichtig erwiderte sie ihn. Er hatte kein hartes Gesicht wie ihr Vater. Wach blitzten seine Augen unter buschigen Brauen und als ein Lächeln über seine Lippen zog, floh die Angst aus Gelas Herz und sie hob den Kopf.

Ein Engel! Jeder Zweifel stob dahin und die jeher gefühlte Ahnung, dass im Turm mit der glänzenden Spitze keine Menschen, sondern die himmlischen Boten und Beschützer wohnten, wurde zur Gewissheit. Erleichterung und Zuversicht trieben ihr Tränen in die Augen, sie wollte sie fortblinzeln, doch sie strömten als schmutzige Rinnsale über ihr ungewaschenes Gesicht. Sie leckte sie von den Lippen und begann zu sprechen, mit leiser Stimme, stockend zuerst, dann immer sicherer, vom Hunger und dem Betteln, vom Versteck im Wald und von der Sorge um ihre Schwester, die ohne Seele war und deshalb die Menschen meiden musste, aber hier bei den Engeln gewiss nichts zu fürchten hatte. Und als sie geendet hatte und sah, dass der Engel sich nicht abwandte, sondern sie noch immer freundlich anblickte, wagte sie es, mit demütig gesenktem Kopf um eine Schale Haferbrei für ihre Schwester und sich zu bitten.

Komm, sagte der Engel und seine Stimme klang wie die eines Menschen. Er hielt ihr seine geöffnete Hand entgegen.

Komm, wir holen sie zu uns.

Die Verlorene

(Wülfersberg, Anno Domini 1450)

Sie lächelte. Es war ein gütiges und zugleich versteinertes Lächeln, wie es nur in die Züge eines Madonnenantlitzes gemeißelt sein konnte.

Die Lippen fest aufeinander gepresst, heftete Perdis ihren Blick auf die Heilige, während sich der Seitenflügel der Marienkapelle leerte. Ein Meer aus weißen Ordenskleidern und schwarzen Schleiern glitt leise raschelnd aus den Bänken und durch den Mittelgang hinaus ins Freie. Als Perdis die Kapellentür nach der letzten Schwester ins Schloss fallen hörte, sackten ihre schmalen Schultern zusammen.

Die Schwestern hatten sich daran gewöhnt, dass Perdis stets die Letzte war, diejenige, die noch blieb, wenn die Stundengebete beendet und die Mitschwestern längst gegangen waren. Niemand wollte die Andacht der Kleinen stören, wenn sie mit unbewegtem Blick vor der Statue der Madonna verharrte. Selten hatte die Oberin eine Novizin mit solcher Demut beten sehen.

Sie war ein sonderbares Mädchen. Immer schon gewesen. Nicht nur, dass sie keine begüterte Adelstochter war, wie die meisten hier, und es niemanden gab, der dem Konvent mit dem Eintritt der Novizin eine Mitgift zahlte, wie es üblich war in Wülfersberg. Vielmehr noch fiel ihr verträumtes, selbstvergessenes Wesen auf, das ihr eine Art unsichtbaren Mantel verlieh, der die anderen immer ein wenig auf Abstand hielt. Schon als Kind hatte sie ihre Zeit am liebsten im Klostergarten verbracht, wo sie rücklings im Gras zwischen den Obstbäumen gelegen und sich mit ihnen auf stumme Weise verständigt hatte. Die Mitschwestern schüttelten die Köpfe, ließen sie jedoch gewähren. Erst als sie irgendwann angefangen hatte, das Klostergelände unerlaubt zu verlassen, um Stunden später mit erhitzten Wangen zurückzukehren, bestellte die Mutter Oberin sie zu sich.

„Du bist kein kleines Mädchen mehr, Perdis, sondern eine Novizin. Du hast die Klosterregeln zu befolgen wie alle hier!“

Unter der Stimme der Oberin war Perdis erschrocken zusammengezuckt. Das Verbot, sich nicht außerhalb der Klostergebäude aufzuhalten, war ihr nicht fremd.

„Ich weiß, Ehrwürdige Mutter“, hatte Perdis gemurmelt und verlegen zu Boden geblickt. In der Nähe befand sich das Nachbarkloster Rommersdorf, in dem die Brüder lebten. Nie hatte sich jemand die Mühe gemacht, Perdis zu erklären, warum es Schwestern und Mönchen nicht erlaubt war, die jeweiligen Klöster zu verlassen, und danach zu fragen, hatte sie nie gewagt.

Krämpfe schüttelten Perdis, während die Lippen der Madonna unentwegt lächelten. Sie schlang die Arme um den Leib. Wie lange ließ sich ihr Leiden noch vor den anderen verbergen? Seit ein paar Tagen hatten sich die Schmerzen verschlimmert. Sie überfielen sie häufiger, kamen stoßweise, machten ihren Leib hart wie ein Brett und zogen bis in den Rücken. Sie zwang sich zur Ruhe, versuchte, gleichmäßiger zu atmen. „Warum strafst du mich, Herr?“ Kaum hörbar verließen die Worte ihre Lippen. „Fließt unreines Blut in meinen Adern, dass ich nicht würdig bin, das Leben einer Prämonstratenserin zu führen?“

Niemand außer dem himmlischen Vater kannte ihre Herkunft.

Gefunden hatte man sie. An der Klosterpforte, eingewickelt in ein fadenscheiniges Tuch, kaum ein paar Tage alt, mager und zu schwach zum Weinen. Die Schwestern hatten sich ihrer erbarmt und sie noch am gleichen Tag mit geweihtem Wasser getauft. Perdis, die Verlorene.

„Deine Mutter verlor dich“, hatten sie ihr erklärt, später, als sie älter war, „und Gott in seiner Gnade sorgte dafür, dass wir dich fanden.“

Einmal hatte Perdis einen Knopf von ihrem Ordenskleid verloren. Sie hatte solange in jeder Ecke ihrer Zelle nach ihm gesucht, bis sie ihn fand. Warum hatte ihre Mutter nicht ebenfalls so lange nach ihr gesucht, bis sie sie wiedergefunden hatte? Vielleicht lag es daran, dass Perdis für den verlorenen Knopf keinen Ersatz gehabt hätte.

Der Geruch der Opferlichter, die vor der Madonna brannten, erfüllte die Luft in der düsteren Kapelle. Still war es, kein Geräusch außer ihrem Atem. Der Schmerz ebbte ab und sie kniete sich mit gesenktem Kopf auf den mit Lehm und Stroh festgestampften Boden. Lautlos formten ihre Lippen die Verse des Rosenkranzgebetes, während die glatten, braunen Holzperlchen eines nach dem anderen durch ihre Finger glitten.

Es war irgendwann im letzten Sommer gewesen, an einem heißen, trockenen Tag um die Mittagszeit. Im Schutz des Waldes hatte sie es gewagt, ihren Novizinnenschleier abzustreifen. Es hatte so gut getan, die Hände in den Bach zu tauchen, um sich damit über das erhitzte Gesicht und die raspelkurzen Haare zu fahren. Der Wald war ihr Vertrauter, die Bäume ihre Gefährten; hier gab es keine Mauern, keine Verbote, keine Regeln, niemanden, der kontrollierte oder mahnte.

Dass sie beobachtet wurde, hatte sie nicht bemerkt. Er hatte es ihr erst gestanden, nachdem sie sich eine Weile kannten und er sie ein paar Mal mitgenommen hatte in seine Baumhütte. Ein Versteck, errichtet zwischen drei kräftigen Eichenstämmen, mit Wänden aus miteinander verwobenen Weidenzweigen, ausgekleidet mit Laub, und über allem ein Schatten spendendes Dach aus Ästen und Moos. Er hieß Gabriel, trug ein ähnliches Ordenskleid wie sie und auch er hatte die Gelübde noch nicht abgelegt.

Sie erhob sich, als ihre Knie sich taub anfühlten und trat aus dem Dämmerlicht der Kapelle ins Freie. Bald würden an dieser Stelle die Feierlichkeiten stattfinden und sie, Perdis, würde im Mittelpunkt stehen. Allein der Gedanke versetzte sie in Unruhe. Wie konnte sie dem Herrn eine demütige Braut sein, wenn sie weiter unter den Anfällen litt?

Eine neue Schmerzwelle schoss in ihren Leib. Ihre Knie verloren den Halt. Vor der Kapellentür sank sie zusammen. Warme Flüssigkeit rann an ihren Beinen herab, sammelte sich zu einer Pfütze, die ihr Ordenskleid durchnässte.

Heilige Muttergottes, alle Engel des himmlischen Reiches, heiliger Petrus, Schutzpatron unseres Klosters, helft mir, steht mir bei, ich bitte euch ...

Gebetsfetzen stammelnd wartete sie auf das Nachlassen des Schmerzanfalls. Dann kroch sie auf Händen und Knien zu der niedrigen Mauer neben dem Seitenflügel der Kapelle. Haltsuchend krallte sie die Hände ins Mauerwerk, zwang sich zur Ruhe und flehte Gott um Gnade an. Nach einer Weile gelang es ihr aufzustehen.

Sie warf einen Blick hinüber zum Kreuzgang, an den sich das Refektorium anschloss, in dem sich die Schwestern um diese Zeit versammelten, um die Mittagsmahlzeit einzunehmen. Ihr Platz würde leer bleiben. Man würde sie vermissen. Nach ihr suchen. Entdecken, dass sie krank war. Man würde sie nicht zulassen zur Profess. Jesus würde keine kranke Braut wollen. Aber ihr fehlte die Kraft, hineinzugehen, sich zu den anderen an den Tisch zu setzen und ihren Schmerz zu überspielen.

Niemand darf mich so sehen ... Sie raffte den feuchten Saum ihres Kleides und lief so rasch sie konnte. Es fiel ihr schwer, jeder Schritt war eine Qual, jeder Atemzug ein Stöhnen. Ihr Schleier verfing sich im Gestrüpp und zerriss. Sie erreichte die Baumhütte, bevor sie sich zum ersten Mal übergeben musste. Wie ein Tier kniete sie am Bach, um sich Wasser ins Gesicht zu schöpfen. Nach einer Weile kroch sie zurück zur Hütte. Sie erinnerte sich an die Stunden, die sie mit Gabriel hier verbracht hatte, an seine Geschichten, mit denen er sie zum Lachen und zum Weinen bringen konnte, und an seine Hände, die sie angefasst hatten, wo noch nie jemand sie angefasst hatte. Leibkrämpfe schüttelten sie, etwas drückte zwischen ihren Beinen. Sie tastete danach, fühlte die harte Wölbung unter dem Stoff ihres Kleides. Schweiß perlte auf ihrer Stirn.

„Ave Maria, gratia plena, dominus tecum …, lass mich nicht sterben …“

Achtlos riss sie sich den Schleier vom Kopf, rieb sich damit Tränen und Schweiß aus dem Gesicht. Wieder zwang die Übelkeit sie zum Würgen. Sie richtete ihren Oberkörper auf, dann wurde es dunkel vor ihren Augen.

Ein Schrei rief sie zurück ins Bewusstsein. Dass sie selbst ihn hervorgebracht hatte, begriff sie nicht. Der Schmerz zerschnitt ihr die Eingeweide. „Es soll aufhören!"

Warum hörte ihre Stimme sich so fremd an? Jemand war bei ihr, murmelte etwas, das sie nicht verstand, legte ihr etwas Kühles auf die Stirn. „Ruhig, versuch ganz ruhig zu atmen." Eine Frauenstimme. Ein weißes Kleid. Hände zwischen ihren gespreizten Schenkeln. Worte in einem Singsang, der beruhigte.

Sie bäumte sich auf, spürte die fremden Hände auf ihrem Leib, wie sie ihn drückten und pressten. Mit dem letzten Schrei endlich verschwand der Schmerz. Perdis sank zurück. Aus halbgeöffneten Augen sah sie den blutverschmierten Körper des winzigen Wesens zwischen ihren Beinen, und Hände, die es hielten. Sie wischten weißen Schleim aus seiner Mundhöhle und betteten es vorsichtig in den zerrissenen Kopfschleier. Es fühlte sich warm an und brachte kurze, kehlige Laute hervor, als es auf Perdis' Brust lag.

Zwei Monate später, zu Trinitatis am Sonntag nach Pfingsten, legten Perdis und zwei weitere Novizinnen in der Klosterkapelle zu Wülfersberg die Gelübde der Keuschheit, der Armut und des Gehorsams ab. Als die Schwestern in geordneten Reihen, die drei neuen Bräute Jesu in ihrer Mitte, von der Kapelle ins Refektorium zogen, unterbrach das Schreien eines Säuglings die Andacht. Die Schwestern lächelten. Ihr Findelkind.

Jemand hatte es kurz vor Ostern an der Klosterpforte verloren, so wie Perdis damals. Ein kleines Mädchen, es war höchstens ein paar Stunden alt gewesen, aber kräftig und gesund. Der Umstand, dass es in den Kopfschleier einer Prämonstratenserin eingewickelt war, sorgte für eine Menge Spekulationen, die die Mutter Oberin jedoch rasch verbot. Sie vertraute Perdis die Pflege des Säuglings an, und nach kurzer Zeit wunderte sich niemand mehr darüber, dass das Kind sich ausgerechnet von der merkwürdigsten Schwester im Konvent am schnellsten in den Schlaf wiegen ließ.

Kreuz, Dolch und Hütestab

(Die Wälder um Reichenstein, Anno Domini 1550)

Nur bei genauem Hinsehen konnte man die schmale Hand der Äbtissin zittern sehen, während sie die Finger nach dem Dolch ausstreckte. Unbeachtet hatte er viele Jahre in seinem Grab aus Erde und vermodertem Laub geruht, verborgen vor den Augen aller, so als habe es ihn nie gegeben und als sei das Blut, das inzwischen auf dem matt gewordenen Stahl zu schwarzen Flecken getrocknet war, nie geflossen. Das tödliche Geheimnis, um das nur die Äbtissin und Johannes wussten, schien in der bewaldeten Senke hinter dem Burgberg so gut aufgehoben wie nirgendwo sonst.

Sie zögerte und warf einen raschen Blick über die Schulter, wo sie in einiger Entfernung am Waldrand ihre Mitschwester zurückgelassen und sie gebeten hatte, dort zu warten, während sie selbst eine Weile in der Einsamkeit des Waldes zu verbringen wünschte. Richildis, die fromme Seele, wäre in einen Schreikrampf ausgebrochen, hätte sie den Dreck unter den Fingernägeln der Ehrwürdigen Mutter entdeckt oder gar den Dolch, den diese soeben aus seinem Versteck befreit hatte.

Die blauen Augen der Äbtissin verengten sich, während sie ihren Blick erneut auf das Messer richtete. *Nicht berühren, nur ansehen ...* Die Hand mit dem Siegelring zuckte zurück. Spuren feuchter Erde klebten zwischen ihren Fingern, wie damals. Sie schloss die Augen.

„Er muss fort … für immer verschwinden … niemand wird davon erfahren …“

Schweiß perlte auf Klaras Stirn, einzelne Haarsträhnen hatten sich aus dem silbernen Reif gelöst, der ihr hüftlanges, dunkles Haar bändigte. In größter Hast gruben ihre Hände eine Mulde in den Waldboden, dabei kniete sie wie ein Bauernmädchen auf der Erde, mit vor Anstrengung geröteten Wangen und schmutzigem Kleid. Stieß sie beim Graben auf verzweigtes, knorriges Wurzelwerk, gab sie unwillige Laute von sich, die der Tochter des Burgherrn niemand zugetraut hätte. Doch sie hörte nicht auf, grub und wühlte und verschwendete keinen Gedanken an die Worte, die ihrer Mutter später die Ursache der schmutzigen, abgebrochenen Fingernägel erklären würden.

Geistesabwesend und ohne eine Bewegung stand Johannes indessen neben ihr. Noch immer war die Farbe nicht in sein Gesicht zurückgekehrt. Bleich, mit vor Schreck und Angst geweiteten Augen und steifbeinig wie eine Holzpuppe, war er Klara gefolgt, die ihm mit flinken Schritten vorausgeeilt war. Mit unbewegter Miene sah er ihr nun dabei zu, wie sie am Fuß der mittleren von fünf nebeneinander stehenden und erhaben aufragenden Fichten auf den Knien lag und ein Loch ins Erdreich scharrte. In der Hand hielt er mit zwei spitzen Fingern sein Messer, einen Dolch mit lederumwickeltem Griff und kurzer, scharfer Klinge, ein Geschenk seines Vaters, das Wertvollste, das Johannes je besessen hatte. Jetzt klebte Blut daran, frisches, hellrotes Blut, von der Spitze bis zum Heft.

Seine Hand zitterte, als er mit langsamen Bewegungen neben Klara auf die Knie sank und das Messer in die kleine Mulde fallen ließ. Erst dann wich die Starre aus Johannes' Körper, seine Gedanken flossen wieder. Er wandte den Kopf und sah Klara in die Augen. Keiner von ihnen sagte ein Wort, sie wechselten nur einen Blick, in dem alles lag, was auszusprechen nicht nötig war, weil sie es auch so wussten. Vier Hände häuften Laub, winzige Ästchen und Erde über den Dolch und beide, Klara, die Tochter des Burggrafen zu Reichenstein und Johannes, der Schafhirte, glaubten, das Geheimnis, das sie fortan miteinander teilten, damit für ewig ins Vergessen bannen zu können.

Ein Tier huschte durchs Gestrüpp. Die Äbtissin erschrak. Sie öffnete die Augen. Nach der langen Zeit ihre Heimat aufzusuchen, rief Erinnerungen hervor; das hatte sie gewollt. Es waren nicht wenige, mit denen sie nun kämpfte, dabei war sie doch hierher zurückgekehrt, um ihren Frieden zu machen. Zu sehen, dass die Burg, die einst ihr Zuhause gewesen war, nach dem gewaltsamen Tod ihres Vaters und den darauffolgenden Streitereien um das Wohn- und Erbrecht zum Sitz fremder Herren geworden war und inzwischen mehr einer Ruine als einer Wohnstätte glich, versetzte ihr einen Stich. War auch dies ihre Schuld?

Über ihr strich der Wind durch die Äste, sanft wiegten sich die Baumspitzen hin und her. Zerrupfte Wolkenfetzen trieben darüber hinweg, es war ein Tag wie damals. Mitten im Sommer war es gewesen, die Luft war erfüllt vom Sirren der Grillen und dem sanften Strömen des Holzbachs, an dessen Ufer sich auf einer Felsenflanke die zweihundert Jahre alte Burg Reichenstein erhob.

Die Äbtissin richtete sich auf und heftete den Blick auf die schwankenden Baumwipfel.

Ein junges Mädchen rannte durchs Unterholz. Es war zu alt, um umherzutollen wie ein Kind, doch hier, in der Abgeschiedenheit des Waldes, hielten weder strenge elterliche Blicke noch höfische Regeln es davon ab. Nicht einmal Notburga, ohne deren Begleitung sie keinen Schritt außerhalb der Burgmauern tun durfte, hatte ein Auge für die Tochter des Burgherrn. Selig schlummernd, den Kopf auf die rechte Schulter geneigt, saß die immer erschöpfte und stets für eine kleine Rast dankbare Zofe im Schatten eines belaubten Astes und stieß beim Atmen leise Pfeiftöne aus.

Klara von Reichenstein lief, ihr feines moosfarbenes Leinenkleid mit beiden Händen gerafft, über den weichen Waldboden und freute sich, dass er ihre Schritte abdämpfte und Notburga einen so gesegneten Schlaf hatte. Wo der Wald lichter wurde, hielt Klara inne, um Atem zu schöpfen. Ihre Blicke streiften die vor ihr liegenden Wiesen und Felder, welche die Hügel des Reichensteiner Landes überzogen. Da! Ganz in der Nähe fand sie, wonach sie gesucht hatte. Wieder raffte sie ihr Kleid und kurz darauf befand sich die Tochter des Burgherrn inmitten einer Viehweide, umgeben von grasenden Lämmern und Schafen, und sie musste aufpassen, mit ihren feinen Schuhen nicht in einen Haufen Schafsköttel zu treten. Ein struppiger, schwarzer Hund sprang ihr entgegen, doch sie schenkte ihm ausnahmsweise keine Beachtung.

„Hast du ihn fertig?“, fragte sie, noch atemlos und erhitzt vom Laufen, als Johannes auf sie zukam.

„Komm her und sieh ihn dir an“, antwortete er. Mit einer feierlichen Geste reichte er ihr seinen aus Schwarzdorn geschnitzten Hütestab. Klara nahm ihn in beide Hände. Dicht vors Gesicht hielt sie ihn, um die hineingeritzten Muster richtig erkennen zu können: Spiralen, blütenartige Ornamente, breite und schmalere Flechtbänder und viele gewellte, in kleinen Kringeln endende Linien.

„Johannes …“, hauchte sie. Sie hob den Kopf. Wie in einem offenen Buch stand die Bewunderung in ihrem Gesicht geschrieben. „Er ist wunderschön geworden!“

Johannes strahlte. Es hatte lange gedauert, bis er im vorigen Jahr in den Schwarzdornhecken den richtigen Ast entdeckt hatte: Kräftig musste er sein und möglichst gerade gewachsen. Er wusste, dass man ihn im Winter schneiden und ein Jahr ablagern sollte, um ihm größere Haltbarkeit zu verleihen. Er hatte ihn mit einem Teil des Wurzelstocks ausgegraben, damit er daraus eine Art Knauf machen konnte, und als die Zeit gekommen war, hatte er damit begonnen, die Rinde auszuschmücken. Der Dolch, den sein Vater ihm geschenkt hatte, bevor er zum ersten Mal allein mit den Schafen zum Weiden gegangen war und der ihm vor allem als Waffe dienen sollte, falls ein wildes Tier seine Herde bedrohen sollte, war ihm dabei ein nützliches Hilfsmittel gewesen.

„Du solltest deinen Namen hineinschnitzen“, sagte Klara. Mit den Fingerspitzen fuhr sie die Muster in der Rinde nach.

„Oder wenigstens den ersten Buchstaben.“

Johannes schwieg.

„Was meinst du?“, fragte Klara nach, ohne aufzublicken.

„Meinen Namen …“, stammelte Johannes, „ach, ich weiß nicht. Ist kein Platz mehr dafür.“

„Doch, sieh hier!“ Mit dem Zeigefinger wies sie auf eine zweifingerbreite Stelle am unteren Teil des Schwarzdornstabes, die genügend Platz für einen oder zwei Buchstaben bot. Erwartungsvoll suchte sie Johannes' Blick. Doch statt ihn zu erwidern, machte er sich in einer nutzlosen Geste an seinem Gürtel zu schaffen. Dass er damit ihrem Blick und auch ihrem Vorschlag ausweichen wollte, bemerkte Klara sofort. Im Stillen schalt sie sich eine Närrin, weil sie ihren Freund mit ihrer unbedachten Äußerung in Verlegenheit gebracht hatte. Nur die wenigsten Dorfleute waren des Schreibens und Lesens kundig, die Hirtenjungen zählten gewiss nicht dazu.

„Wenn du möchtest, zeige ich dir, wie es geht", sagte sie sanft, reichte ihm seinen Stab zurück und ließ ihm Zeit mit der Antwort. Sie beugte sich zu dem Hund herunter, der unaufhörlich an ihrem Kleid schnupperte und um ihre Zuneigung bettelte.

Nach einer Weile setzte Johannes sich zu ihr. Er überkreuzte die Beine und legte den Stab quer darüber.

„Zeig's mir", bat er. Ein Lamm sprang auf seinen Schoß. Gedankenverloren kraulte er das weiche Vlies. „Aber zeig mir auch, wie man Klara schreibt", setzte er hinzu. Sie hörte das Flehen in seinen Worten, das mehr war als nur eine Bitte. Sie sahen sich an und lächelten einander zu. Johannes zog sein Messer aus dem Gürtel.

„Ehrwürdige Mutter, bei allen Heiligen, ist Euch nicht wohl?"

Die Äbtissin schreckte zusammen. Sie hatte Richildis nicht kommen gehört, obwohl ihre Mitschwester nur gute zwei Schritte hinter ihr stand und keuchte wie ein Steinhauer bei der Arbeit. Zum Glück konnte sie von dort aus die Mulde mit dem freigelegten Dolch nicht einsehen, wie die Äbtissin erleichtert feststellte.

In einer hastigen Bewegung erhob sie sich und trat auf Richildis zu. Eine sanfte Berührung genügte, um sie wie zufällig in die entgegengesetzte Richtung zu leiten.

„Es ist alles in Ordnung, Richildis, mach dir keine Sorgen."

„Aber Ihr macht den Eindruck, als wäret Ihr von einem Schwindel befallen, kauernd auf der Erde. Ihr schwankt wie ein Halm im Wind."

„Das bildest du dir ein. Geh jetzt wieder und lass mich noch ein wenig nachdenken!" Der forsche Klang in der Stimme der Äbtissin duldete keinen Widerspruch.

Richildis senkte den Kopf, nickte und tat wie ihr geheißen. Die Äbtissin wartete einen Augenblick, dann wandte sie sich wieder um. Von oben blickte sie auf den freigegrabenen Dolch herab. In der Erinnerung sah sie, wie eine Faust sich um ihn schloss, ihn so fest umklammerte, dass die Fingerknöchel weiß hervortraten. Dann hörte sie Johannes' Stimme. „Gebt sie frei oder ich …!"

Die Klinge blitzte auf. Mit vor Schreck geweiteten Augen hielt Klara still. Einer der beiden Halunken stand dicht hinter ihr. Er hatte ihr beide Arme auf den Rücken gedreht und presste seinen Wanst gegen ihren Körper. Sein Schweißgeruch war kaum auszuhalten, Klara drehte den Kopf zur Seite, um ihm auszuweichen.

„Hast du gehört? Das Bürschchen droht uns!", höhnte sein Kumpan, dem bis auf zwei schwarze Stümpfe alle Zähne fehlten. Breitbeinig stand er über einem Lamm und hielt das Tier unter den zappelnden Vorderbeinen gepackt, um es am Fortlaufen zu hindern. „Ein kühnes Vorhaben für einen so schmächtigen Kerl."

Das Lamm sträubte sich, es bereitete dem Zahnlosen einige Mühe, es nicht entwischen zu lassen.

„Aber eins muss man dir lassen", bellte der andere. „Eine hübsche kleine Jungfer hältst du dir." Dabei rieb er sein stoppelbärtiges Gesicht an Klaras Scheitel. Sie versuchte, den aufsteigenden Würgreiz im Hals zu unterdrücken. Ohne Aussicht auf Erfolg wand sie sich in seiner Umklammerung.

„Lass … mich … los!", zischte sie zwischen den Zähnen hindurch.

„Ob der Graf weiß, dass seine Tochter sich mit einem stinkenden Schäfer abgibt?"

Sie hörte seine Stimme nah an ihrem Ohr und es ekelte sie, dabei seinen Atem auf ihrer Haut zu spüren. Den Kopf in die andere Richtung drehend, warf sie Johannes einen flehenden Blick zu.

Wie es dazu kam, dass gleich darauf drei Dinge gleichzeitig geschahen, wussten weder Klara noch Johannes später zu sagen.

In seiner Angst konnte sich das Lamm plötzlich aus dem Griff des Zahnlosen winden. Während es mit zwei flinken Sätzen davonsprang, stürzte dieser, überrascht durch die Kühnheit des Tieres, beim Versuch ihm nachzusetzen und es wieder einzufangen, der Länge nach auf die Erde. Zur gleichen Zeit trat Johannes mit dem Dolch in der Faust einen großen Schritt auf Klara und ihren Peiniger zu. Von hinten rückte er dicht an ihn heran. Die Klinge des Dolches bohrte sich in das schäbige Hemd des Fremden.

„Lass sie gehen, du Lump, sofort!“, raunte er. Niemand sah das Flackern in seinen Augen und nur Klara, die ihn lange genug kannte, vernahm den Unterton in seiner Stimme, der klang wie der eines zu allem Entschlossenen. Sie hielt den Atem an. Doch der Halunke presste sie noch eine Spur fester an sich und lachte.

„Ich hab' mir schon immer genommen, was ich haben wollte. Und jetzt will ich ein Lamm gegen den Hunger und diese Jungfer hier zum Spielen.“ Wieder ließ er sein spöttisches Gelächter hören, doch dieses Mal erstarb es von einem Augenblick zum nächsten.

Seine Hände ließen von Klara ab und sie stolperte von ihm weg. Der Blick aus seinen weit aufgerissenen Augen heftete sich auf Johannes, glitt von dessen Gesicht hinunter zu der Rechten, die den Dolch hielt. Blut tropfte von der Spitze auf die Erde. In einer unbeholfenen Bewegung tastete seine Hand nach der Verwundung am Rücken, fand den feuchten, langsam größer werdenden Fleck in seinem Hemd, der nichts Gutes verhieß.

Klara, die schutzsuchend an Johannes' Seite geflohen war, zitterte vor Angst und Erleichterung. Der zweite Strauchdieb hatte sich in der Zwischenzeit erhoben und starrte ungläubig von Johannes zu seinem Kameraden.

„Das werdet ihr büßen, alle beide!“, rief er mit einem hasserfülltem Seitenblick, bevor er seinen verletzten Kumpan stützte und sich zusammen mit ihm davonmachte.

Erst jetzt bemerkte Klara die Tränen, die ihr übers Gesicht rannen, und wie schwach sie sich auf einmal fühlte. Es war, als klebe der Gestank des Fremden an ihren Kleidern, als spüre sie noch immer den Griff seiner schmutzigen Hände auf ihrer Haut.

„Du hast mich gerettet“, flüsterte sie. Sie suchte in Johannes' Gesicht nach einer Regung, einem Gefühl, einem Zeichen, das ihr verriet, was in ihm vorging. Doch da war nichts. Schreckensbleich und wie versteinert stand er da, seinen Dolch fest in der Hand, doch unfähig, eine weitere Entscheidung zu treffen oder ein Wort zu sagen.

Klara wusste, dass sie handeln musste.

„Du hast mich gerettet“, wiederholte sie und berührte seine Schulter. „Jetzt rette ich dich.“

Später sank Klara neben der leise schnarchenden Notburga, die von all dem nichts mitbekommen hatte, auf den weichen Waldboden. An einer seichten Stelle im Holzbach hatte sie sich notdürftig die Hände gewaschen und den Dreck vom glatten Leder ihrer Ausgehschuhe gerieben, doch dem schmutzig gewordenen Kleidersaum war nicht beizukommen. Mit den Fingern kämmte sie ihr Haar und steckte den Silberreif ordentlich hinein, dann stupste sie Notburga an. Erschrocken schlug die Zofe die Augen auf.

So wie Klara damals ließ sich die Äbtissin jetzt auf dem mit Fichtennadeln übersäten Waldboden nieder. Gurgelnd rauschte der Holzbach in der Nähe, in den Ästen über ihr sangen die Vögel.

Notburga hatte nie gefragt, womit Klara sich die Zeit vertrieb, während sie ihre heimlichen Nickerchen machte. In der Erinnerung schien es, als hätten sie und ihre Zofe einen unausgesprochenen Pakt geschlossen, einander nicht zu verraten.

Wieder streifte der Blick der Äbtissin den Dolch. Sie hatten ihn gemeinsam vergraben, also trugen sie beide die Schuld an dem, was geschehen war. Sie hatte ihn nur aus seiner jahrelangen Gefangenschaft befreit, damit sie die Geschehnisse der Vergangenheit noch einmal spüren und dann Gott ein allerletztes Mal um Vergebung bitten konnte.

„Herr, du weißt, wie oft ich mich im Schmerz meiner Schuld vor dir niederwarf, dich all die Jahre, Tag für Tag, immer wieder um deine Gnade, deine Vergebung bat. Ein letztes Mal flehe ich zu dir, erbarme dich meiner, erbarme dich unser.“ Ohne es zu merken, hatte sie ihre Hände gefaltet und sie an die Stirn gepresst.

Als sei es gestern gewesen, erinnerte sie sich, dass man zwei Tage nach dem Vorfall – Heinrich, ihr Vater, wurde erst tags darauf von einer Reise zurückerwartet – einen Strauchdieb am Rande des Halsgrabens fand, mit einer Stichverletzung im Rücken, an der er verblutet war. Ein Stein aus Angst, schwer und groß wie der Hammerberg, nahm Klara beinah die Luft, als sie von der Kunde hörte. Sie verfiel in eine Schweigsamkeit, die sich niemand erklären konnte. Nachts fand sie aus Sorge um Johannes keinen Schlaf und tags konnte sie ihre Aufmerksamkeit aus demselben Grund weder auf ihre Stickarbeiten noch auf die Schreibübungen lenken. Die Vorstellung, der zweite Halunke könne seine Drohung wahr machen und Johannes etwas antun, lähmte sie und legte einen Schatten auf ihr Herz, der nicht weichen wollte. Ihre Mutter verbot ihr ausdrücklich, die Burg zu Spaziergängen mit Notburga zu verlassen, solange der Vater nicht zurück und der Mörder nicht gefasst war.

Klara litt, ersuchte Gott in einsamen, flehenden Gebeten um Hilfe und weinte sich die Augen rot, wenn es niemand sah.

Mit dem Handrücken rieb die Äbtissin sich die Tränen aus dem Gesicht.

„Sei mir gnädig, allmächtiger Herr, und vergib mir meine Schuld!" Sie erhob sich, tat einen tiefen Atemzug und bewegte sich ein paar Schritte.

Ihre Hand griff in der Rocktasche nach einem kleinen Gegenstand. Sie trug ihn bei sich, seit sie in das Cecilienstift eingetreten war. Es war einer der wenigen persönlichen Gegenstände, die sie mitgenommen hatte. Ein hölzernes Kreuz, etwas ungleichmäßig geschnitzt und gerade so groß, dass es sich in ihre Handfläche schmiegte. Die vielen Berührungen hatten seine Oberfläche mit der Zeit weich und seidig geschliffen, und es in der Hand zu halten und mit den Fingern zu umschließen, beinhaltete für die Äbtissin immer auch die Erinnerung an Johannes.

„Hab's für dich geschnitzt", flüsterte Johannes, nur wenige Tage vor dem Überfall auf der Weide, als er es in ihre Hände legte. Er sagte es mit einem beschämten Blick, der Klara das Herz zuschnürte. Sie verstand, dass er sein Geschenk für nicht würdig genug hielt, einer Grafentochter nicht angemessen, aber sie ahnte, wie lange er nach dem passenden Stück Birke gesucht und wie ausdauernd er daran gearbeitet haben musste. Sie besaß ein Kreuz aus Silber, besetzt mit fünf Türkisen und Perlmutt, das sie zu besonderen Anlässen an einer Kette um den Hals trug, es war von großem Wert und so kostbar, dass sie es in einer verschließbaren Truhe aufbewahrte. Und doch bedeutete es ihr nichts im Vergleich zu diesem Geschenk von Johannes.

Die Fingerspitzen der Äbtissin liebkosten die glatte, gerundete Oberfläche. Sie sah das Kreuz in Klaras zu einer Schale geformten Händen und spürte die stille Freude des jungen Mädchens angesichts des Kleinodes, das sie von nun an durchs Leben begleiten würde.

Die Lippen der Äbtissin berührten das Kreuz und, als könne es verstehen, flüsterte sie: „Als der Dolch dich schnitzte, klebte noch kein Blut an seiner Klinge."

Eine Maus huschte aus dem Dickicht und zerschnitt die Gedanken der Äbtissin. Erst jetzt bemerkte sie, dass sie sich, in ihren Gedanken verloren und alles um sich herum vergessend, viel zu weit entfernt hatte. Sie drehte sich um. Ihr stockte der Atem.

Richildis stand vor der mittleren der fünf Fichten und starrte in die kleine Grube.

Für einen Augenblick schloss die Äbtissin die Augen, dann seufzte sie, ließ das Kreuz in ihre Rocktasche gleiten und ging ihrer Mitschwester entschlossenen Schrittes entgegen.

Sie setzten sich nebeneinander auf einen umgestürzten Baumstamm in der Nähe der Dolchgrube. Obwohl Richildis der Ehrwürdigen Mutter nur schweigend zuhörte, zitterte ihre Unterlippe und sie knetete ihre Hände, bis sie sich röteten.

„Einen weiteren Tag später fand man meinen Vater mit eingeschlagenem Schädel in der Gemarkung Wienau."

Nie zuvor hatte die Äbtissin mit jemandem über die Ereignisse der Vergangenheit gesprochen, doch sie erkannte mit jedem Wort, dass sie viel zu lange damit gewartet hatte.

„Er kam von einem Treffen mit den Isenburger Herren und war auf dem Nachhauseweg. Man hat nie herausgefunden, wer sein Mörder war, aber für mich …“

Sie unterbrach sich selbst und blickte Richildis beschwörend ins Gesicht. „Für mich bestand kein Zweifel, dass nur einer sein Mörder sein konnte. Noch heute höre ich die niederträchtige Stimme: ‚Das werdet ihr büßen, alle beide!‘ Er hat meinen Vater getötet, um seinen Kameraden zu rächen, verstehst du, Richildis, ich bin schuld am Tod meines eigenen Vaters! Mich konnte der Mörder nicht bekommen, da ich die Burg nicht verlassen durfte. Also lauerte er meinem Vater auf. Ich wusste nicht, was mehr schmerzte, die Trauer um ihn, die Schuld oder die Angst um Johannes, da ich fürchtete, er sei in der gleichen Gefahr wie ich. Aber wir hatten keine Möglichkeit, uns Nachrichten zukommen zu lassen oder uns gar zu treffen.“

Die Äbtissin senkte den Blick.

„Wie hätte ich anders mit dieser Schuld leben können, als dem Wunsch meiner Mutter nachzukommen, in das Cecilienstift einzutreten und den Schleier zu nehmen? Ich war die letzte Erbin unserer Familie, aber ich brachte es nicht über mich, mein Erbe anzutreten. Niemals hätte ich auf unserer Burg in Frieden weiterleben können. Also vergrub ich mich ins Beten, suchte Zuflucht bei Gott und ich lernte, mit der Last auf meinem Herzen zu leben.“

„Und der Hirtenjunge?“

Die Äbtissin seufzte. „Ich bete jeden Tag für ihn.“

Eine Weile schwiegen sie, dann holte Richildis hörbar Luft.

„Ehrwürdige Mutter, erlaubt mir bitte, dass ich etwas zu bedenken gebe.“

Richildis war nicht geübt in derlei Gesprächen; der Äbtissin entging nicht, wie schwer es der jungen Schwester fiel, die passenden Worte zu finden.

„Er handelte in der Not …, der Hirtenjunge, er tat es, um Euer Leben zu retten. Gott hat Euch und ihm längst vergeben, Ehrwürdige Mutter. Schrieb nicht Jesaja: ‚Ich tilge deine Übertretungen um meinetwillen und gedenke deiner Sünden nicht?‘“

Überrascht hob die Äbtissin die Augenbrauen. Schweigend richtete sie ihren Blick in die Ferne. Ein kleines Licht in ihrem Innern begann zu leuchten. In der Nähe hämmerte ein Specht, begleitet vom vertraut klingenden Strömen des Holzbachs. Das Atmen fühlte sich leichter an.

Gemeinsam scharrten sie das ausgehobene Erdreich zurück in die Grube. Jede Handvoll Erde, die den Dolch bedeckte, nahm einen Teil der Last mit sich.

Sie verließen den Wald. Dort, wo sich die Talwiesen des Reichensteiner Landes erstreckten, graste eine Schafherde auf einer nicht eingezäunten Weide. Der Hirte stand, mit beiden Händen auf einen mannshohen Stab gestützt, an der Seite, seine Tiere im Blick. Ohne es zu wollen, musterte die Äbtissin ihn. Der Statur nach war es ein Junge, vielleicht im gleichen Alter wie Johannes damals, und die Art, wie er dort stand, umgeben von seinen Schafen und Lämmern, vervollständigte die Erinnerungen der letzten Stunde. Es war, als träte die junge Klara von einst, atemlos vom hastigen Durchqueren des Waldes, auf die Weide, um ein wenig gestohlene Zeit mit Johannes zu verbringen.

„Braucht Ihr Hilfe?“, hörte sie plötzlich die Stimme des jungen Schafhirten. Er trat näher.

Die Äbtissin, eine törichte Hoffnung im Herzen, sah ihn an.

„Nein, wir … wir sind nur zufällig vorbeigekommen.“

Sie wandte sich zum Gehen. Im letzten Moment fiel ihr Blick auf den Hütestab. Mitten in der Bewegung hielt sie inne. Die Rinde war kunstvoll verziert, mit außergewöhnlichen Ornamenten, gleichmäßigen Kringeln und Flechtbändern in verschiedenen Breiten. Die Äbtissin rang nach Luft.

„Darf ich ihn mir ansehen?“ Mit einer Kopfbewegung deutete sie auf den Stab.

Bereitwillig reichte der junge Schäfer ihr seinen Stock.

„Er ist … wunderschön!“, hörte sie sich sagen, aber es war Klaras Stimme und es war Johannes, der jetzt strahlte, wie er es damals getan hatte.

„Ja, nicht wahr? Er gehörte meinem Vater, er hat ihn selbst gemacht und mir geschenkt, als ich zum ersten Mal allein mit den Schafen zum Weiden ging."

„Dein … Vater?"

Ihr Herz pochte zum Zerspringen. Der Junge nickte.

„Er lebt? Dein Vater lebt?"

Wieder nickte er. „Ja, er ist auch ein Schafhirte, und weil ich jetzt alt genug bin, um beim Hüten zu helfen, können wir zwei Herden halten."

Ihre Fingerspitze folgte den eingeritzten Mustern in der Rinde. Nur jemand, der des Schreibens und Lesens kundig war, konnte in den Ranken am unteren Ende die beiden darin eingefügten Buchstaben entdecken.

Wie eine vorüberziehende Wolke, die die Sonne freigibt, wich der Schatten von ihrem Herzen.

Seelenschwestern

(Isenburg, Anno Domini 1633)

„Erzähl mir von ihnen, Großmutter!“

Die Hand des kleinen Mädchens zupfte an dem zu einem Knoten geflochtenen Haar der Großmutter. Sie saßen auf der vom Großvater gezimmerten Bank, die neben der Haustür stand, wo sie nachmittags von den letzten Sonnenstrahlen beschienen wurde, bis es Zeit war, ins Haus zu gehen. Beide hießen sie Greta, die Alte und die Kleine, was nicht verwunderlich war, denn in jener Zeit benannte man die meisten Kinder nach ihren Eltern oder Großeltern.

„Wen meinst du?“, fragte die alte Greta.

Mit zwei Fingern strich sie sich eine Haarsträhne hinters Ohr und musterte das Gesicht ihrer Enkelin. Der Hunger der Kleinen nach einer neuen Geschichte war ihr an den Augen abzulesen. Sie war ein kluges Kind, lauschte, ohne die Erzählungen zu unterbrechen, behielt, was sie hörte und verstand auch das, was Greta nur andeutete.

„Erzähl mir von den Seelenschwestern!“, rief die Kleine, „du hast versprochen, es zu tun, wenn ich kein kleines Mädchen mehr bin.“ Sie drehte sich auf dem Schoß der Alten herum und schmiegte das Gesichtchen an deren Schulter. „Du kennst doch eine Geschichte über sie, ja?“, fragte sie leise.

Die Großmutter lächelte. „Mehr als eine Geschichte“, murmelte sie, lehnte den Kopf an die sonnengewärmte Hauswand und überließ sich ihren Erinnerungen.

„Was ich dir erzähle, trug sich vor vielen Jahren in unserer Heimat zu. Ich erinnere mich an den Tag, an dem sich alles ankündigte: Seit Tagen regnete es. Die Luft war dunstig und die Erde aufgeweicht. Obwohl ich meine Schritte vorsichtig setzte, drohte ich auf dem glitschigen Lehmboden auszurutschen. Der Saum meines Rockes war nass und schwer geworden vom schmutzigen Wasser der Pfützen, die sich zwischen den Erdhügeln gebildet hatten. Ich trug das einzige

Paar Schuhe, das ich besaß, die löchrigen Sohlen schützten meine Füße kaum gegen Kälte und Nässe.

Der Kauz schrie. Ich war geübt darin, seinen Ruf nachzuahmen und freute mich, als ich seine Antwort erhielt. Er war mein Verbündeter geworden, außer uns beiden wagte sich um diese Zeit kein Christenmensch an den Ort, den niemand gern in der Dunkelheit betrat. Ich weiß noch, dass meine Fingerspitzen über das feuchte Herbstlaub strichen, das der Wind auf die Gräber geweht hatte und das die Kieselsteine bedeckte, die ich vor ein paar Tagen auf das Grab meiner Mutter gelegt hatte. Ich verstand nichts von Zahlen, aber die alte Martha aus der Waschküche hatte mir gesagt, dass in diesem Jahr zu Allerheiligen das achte Todesjahr der Mutter zu Ende gegangen sei.

Einen Vater habe ich nie gekannt und die Mutter verloren, als ich zehn Jahre alt war. Es war der schlimme Husten gewesen, der die Dorfleute den ganzen Winter über gequält und der auch die Mutter, nachdem sie ihre Heilkräuter für die anderen aufgebraucht hatte, aller Lebenskraft beraubt und unter die Erde gebracht hatte. Fortan war ich allein auf mich gestellt und musste die Arbeit meiner Mutter in der Burg übernehmen. Man machte sich dort nichts aus dem Schmerz meiner Trauer, sondern wies mir schmutzige und schwere Arbeiten zu. Den Schweinestall musste ich ausmisten und Waschtröge mit schmutziger Seifenlauge zum Rinnstein schleppen, im Winter hatte ich Brennholz zu sammeln und jeden Tag eimerweise Asche aus den Feuerplätzen zu fegen.

Wechselbalg nannten sie mich. Sie machten sich nicht einmal die Mühe, es hinter meinem Rücken zu tun. Ein Gesicht mit einem blinden Auge wirkt abstoßend, das hatte ich schon als kleines Mädchen begriffen, wenn die Kinder aus der Nachbarschaft mich deswegen auslachten, hänselten oder schreiend vor mir davonliefen. Meine Mutter war der einzige Mensch, dem das nie etwas ausgemacht hatte. Sie hatte verstanden, dass ich trotz des blinden Auges mehr sah als die meisten anderen mit zwei gesunden Augen. Außer der Mutter hatte ich nie jemandem erzählt, dass ich Ereignisse vorausahnte, bevor sie eintraten.

Den Sohn des Schweinebauern hatte ich damals vor dem Sturz in den Wiebelsbach warnen wollen, aber er hatte mich nur ausgelacht. Auch den alten Konrad von der Sayner Mühle hatte ich davon abhalten wollen, mit seinem Karren, von dem sich später während der Fahrt ein Wagenrad löste, den holprigen Burgweg hinab ins Tal zu fahren. „Scher dich um deinen eigenen Dreck!“, hatte er mir zornig nachgerufen und einen Klumpen Erde nach mir geworfen. Seither schwieg ich, aber es schmerzte, Dinge zu sehen, die Unglück über die Menschen brachten und die sich vielleicht verhindern ließen, wenn man meine Vorahnungen ernst genommen hätte.

Wieder schrie der Kauz. Ihm war mein blindes Auge so einerlei wie das Schweigen, das ich seit Jahren wie einen unsichtbaren Mantel trug, den ich nur in der Nähe meiner toten Mutter ablegte.

„Reiter werden kommen“, flüsterte ich an jenem Tag. Ich kauerte am Rand des Grabes und grub meine Hände in die nasse Erde. Mein Haar klebte feucht an den Schläfen.

„Es sind viele, Mutter! So viele habe ich noch nie hier gesehen.“

Ein Schatten glitt über mich hinweg. Ohne den Kopf zu heben, wusste ich, dass der Kauz mit lautlosem Flügelschlag eine große Schleife über mir zog. Mit schmutzigen Fingern wischte ich mir den Regen aus dem Gesicht.

„Sie sprechen nicht unsere Sprache“, fuhr ich leise fort und sah, wie sich die regennasse Erde unter meine Fingernägel setzte.

Kaum eine Woche später drang ein berittener Trupp fremder Soldaten in die Siedlung ein. Weder die vier Bachläufe oder der Schutzwall noch die unüberwindbar geglaubte Hecke aus Dorngestrüpp hielten die Eindringlinge auf. Sie überwältigten die Wachen, trieben ihre Pferde durch das untere Schutztor und die hinter dem Kirchhof gelegene Schildpforte und verteilten sich wie ein Schwarm blutgieriger Vögel auf dem Burggelände. Sie scherten sich weder um die Schreie der Mägde noch um verschreckte, umherirrende Kinder. Ich rettete mich in den Schutz eines leer stehenden Schuppens. Dort wartete ich, dicht an die morsche Holztür gepresst und wagte kaum zu atmen.

Durch ein Astloch im Holz sah ich die Bilder meiner Vorahnung lebendig werden. Sah bewaffnete Männer in den Uniformen eines fremden Landes, Speichel, der aus den Mäulern ihrer Rösser troff, hörte Hufe über dem Burgaufgang donnern und Rufe durch die Luft gellen, in einer Sprache, die ich nicht kannte. Ein paar Mal riefen sie einen fremdartig klingenden Namen, der scheinbar dem Kommandoführer des Regiments gehörte.

Stunden später erst wagte ich mich zu rühren und den Schuppen zu verlassen.

Von meinem Versteck aus hatte ich beobachtet, wie ein Teil der Männer im Burginneren verschwunden war, andere die Türme des Befestigungswalls besetzt hatten und die übrigen auf dem Burghof umherliefen, um die Pferde mit Wasser zu versorgen.

Ich raffte mein Kleid und beeilte mich, die baufällige Kate zu erreichen, in der ich seit Mutters Tod allein lebte. Auf halbem Weg kam mir die alte Martha entgegen.

„Sieh zu, dass du heimkommst“, rief sie mir zu. Sie hastete an mir vorbei, doch ich bekam ihren Ärmel zu fassen und sah ihr fragend ins Gesicht.

„Spanier ...“, raunte Martha, warf einen raschen Blick über die Schulter zurück zur Burg und zog mich zur Seite. Ihre Stimme klang gehetzt.

„Es heißt, sie sind nicht zimperlich. Wer sich ihnen widersetzt, wird es teuer bezahlen müssen.“

Bei den letzten Worten zog sie mit einer raschen Bewegung die Handkante unter ihrem Kinn entlang. Dann blickte sie mich einen Augenblick an, strich mir über die Wange und murmelte wie zu sich selbst: „Ein Jammer, dass du so entstellt bist. Ein hübsches Mädchen würden sie gewiss verschonen.“

Nach einer Nacht ohne Schlaf ging ich früher als sonst zum Kirchhof. Draußen war alles still, nichts deutete darauf hin, dass die Isenburg von spanischen Besatzern eingenommen worden war. Ich war daran gewöhnt, meine Gedanken mit der Mutter zu teilen und tat es auch an jenem Morgen. Nebelschwaden hüllten die Holzkreuze auf den

Gräbern in dunstige Schleier. Ich wusste nicht, wie lange ich schon neben Mutters Grab kauerte, mit zusammengesunkenen Schultern, durchgefroren und müde. Erst der Ruf des Käuzchens ließ mich aufblicken. Den Kauz in der Nähe zu wissen, hatte etwas Beruhigendes. Manchmal beneidete ich ihn darum, in der Finsternis verborgen zu sein, dann wünschte ich mir, mit ihm tauschen zu können. Ich träumte davon, mir ein Kleid aus Dunkelheit zu nähen, das mich vor den Fremden schützte. Ich war sicher, sie würden mir etwas antun, wenn sie mich bemerkten und in meinem blinden Auge etwas Bedrohliches erkannten, so wie die Leute aus dem Dorf.

Ungeduldig wischte ich mir die Tränen aus dem Gesicht. Während ich mich erhob und die Hände am ausgefransten Ärmelsaum meines Kleides trockenrieb, öffnete sich plötzlich mein Blick nach innen. Ich sah ein junges Mädchen. Es trug das rabenschwarze Haar schulterlang. Ihre Augen glänzten tief wie dunkle Seen, doch nichts Böses sprach aus ihnen. Sie ritt einen stämmigen Schimmel und saß im Sattel wie ein Mann. Sie galoppierten durch ein zerklüftetes, baumbestandenes Tal, so leicht glitten sie dahin, dass es den Eindruck erweckte, als flögen sie. Als ich mich ihr zuwandte, zog ein Lächeln über ihr Gesicht.

Ich brauchte einige Augenblicke, um in die Gegenwart zurückzufinden, doch das Gesicht der Fremden ließ mir keine Ruhe. Es war, als betrachte sie mich unablässig, als spräche sie zu mir, gerade so, als sei sie nicht nur eine Ahnung, sondern bereits Wirklichkeit. Ich schüttelte den Kopf, tat einen tiefen Atemzug und zog die fadenscheinige Kapuze meines Wollmantels tief in die Stirn.

Ohne zu wissen, was mich auf der Burg erwartete, machte ich mich, wie jeden Morgen, auf den Weg dorthin.

Ich hatte den Kirchhof gerade verlassen und eilte an der Westmauer von Sankt Katharina entlang, als ich mit einem Mal, wie von einer inneren Stimme gewarnt, innehielt. Ich lauschte in die Dunkelheit. Ein Luftzug bewegte die letzten Blätter in den Bäumen und unter meinen Füßen raschelte das herabgefallene Laub. Sonst war alles ruhig. Bilder zu sehen, die für andere unsichtbar waren, erschreckte mich nicht mehr, doch Unerklärliches nur spüren zu können, schuf immer noch eine Unruhe in meinem Innern, der ich nichts entgegensetzen konnte. Jemand beobachtete mich. Kein Zweifel. Mein Herz überschlug sich fast, ich spürte seine Schläge in den Schläfen. Mit gesenktem Kopf ging ich langsam weiter, versuchte ruhig zu bleiben. Die Kapuze tief im Gesicht, konzentrierte ich mich auf den Weg unter meinen Füßen. Lautlos murmelten meine Lippen ein Ave Maria nach dem anderen.

Als ich den Vorplatz der Kirche überquerte, um endlich das von Fackeln spärlich erhellte Burggelände zu erreichen, gewahrte ich eine Bewegung aus dem Winkel meines gesunden Auges. Gleich darauf vernahm ich das Geräusch von Schritten. Hastige Schritte, die abrupt verstummten. Ich wollte schreien, unterdrückte es jedoch und stockte. Außer den drei Buchen vor dem Kirchenportal gab es nichts, was mir dort hätte Schutz bieten können.

Unfähig weiterzugehen, schloss ich für einen Moment die Augen. Wieder tauchte das Gesicht der Fremden auf. Wer war sie? Warum nahm ihr Blick mir auf unerklärbare Weise die Angst? Beinahe fühlte es sich an, als gewähre er mir eine Art Schutz, unter dem ich mich stärker fühlte, als ich zu sein glaubte.

Ich hob den Kopf und wandte mich um. Im Schatten der Fassade von Sankt Katharina konnte ich eine Gestalt ausmachen, die mit dem Rücken ans Kirchenportal gepresst reglos dort verharrte und keine Anstalten machte, mich anzugreifen oder sich mir auf andere Art zu nähern. Wer auch immer es war, er hatte vermutlich ebenso große Angst vor mir wie ich vor ihm.

„Wer bist du?“, rief ich ihm deshalb zu. Doch statt einer Antwort löste sich die Gestalt aus dem Schatten und rannte mit wehendem Mantel davon.

Die ersten Tage der spanischen Belagerung streuten große Angst unter die Isenburger Dorfleute. Wir waren nicht vertraut damit, Männer auf den Wachtürmen zu wissen, deren Gesichter wir nicht kannten und deren Sprache wir nicht verstanden. Die wenigen Bewohner der Burg mussten fortan mit den kargen Kammern im Bergfried vorliebnehmen, da der Anführer des spanischen Trupps und seine Männer die Haupträume belagerten. Mägde und Knechte hatten die neuen Herren mit allem zu versorgen, wonach sie verlangten. Ungeduldige Gesten ersetzten die Sprache und bald verstanden alle, wann es die Spanier nach Brot, erlegtem Wild aus dem Forst, Wein oder nach Frauen gelüstete. Ihr Anführer war ein breitschultriger Mann mit wildem Funkeln in den Augen und auch wenn er mit seiner grobporigen Haut und dem Narbenwulst auf der Wange kein gut aussehender Mann war, so strahlte er dennoch etwas aus, das mich dazu veranlasste, ihm dann und wann einen verstohlenen Blick zuzuwerfen.

Sein Name, Alejandro Alvarez, wollte mir anfangs nur schwer über die Lippen. Damals war diese Sprache mir noch fremd, an die Aussprache ihrer Buchstaben gewöhnte ich mich erst später. Alvarez oblag die Führungsgewalt über die Truppe und unterstand dem Marqués von Celada, unter dessen Befehl die spanische Armee nach Isenburg eingedrungen war. Martha entpuppte sich als hervorragende Spionin: Sie wusste alles, was mich interessierte und erzählte mir davon, ohne dass ich danach fragen musste.

Bald bemerkte ich, dass man Alvarez selten allein sah. Meist hielt sich einer seiner Männer an seiner Seite auf und wenn sie mit den anderen ins Tal ritten, um im angrenzenden Forst auf die Jagd zu gehen oder Vieh aus den umliegenden Dörfern zu rauben, konnte ich nicht anders, als ihnen gedankenverloren nachzublicken.

„Geh an die Arbeit!“, blafften die anderen mich dann an. „Und hör auf zu träumen. Die wollen keine wie dich!“

Kein Mann aus dem Dorf hatte sich jemals für mich interessiert, dann würde es erst recht kein verwegener spanischer Heerführer tun. Damals ahnte ich noch nicht, dass es nicht Alvarez war, der meinen Blick auf sich zog. Aber ich glaubte den anderen, rückte meine verschwitzte Haube zurecht und versteckte mich hinter der Arbeit.

„Einer der Männer weicht kaum von der Seite des Kommandoführers“, erzählte ich am nächsten Morgen meiner Mutter. Ich hatte niemanden, mit dem ich sonst darüber hätte sprechen können, niemanden, der mir zugehört hätte.

Der erste Frost hatte die Erde in der Nacht mit einer weißen Reifschicht überzogen. Ich fror in meinem verschlissenen Kleid unter dem dünnen Kapuzenumhang. „Vielleicht ist er eine Art Ratgeber. Er ist kleiner und schmächtiger als die anderen und er trägt seine Kapuze immer so tief im Gesicht, dass man es nicht sehen kann.“

Ich erhob mich, trat von einem Fuß auf den anderen. Mit beiden Armen umschlang ich den Oberkörper und rieb die Handflächen über die Arme, um mir Wärme zu verschaffen. „Irgendetwas ist anders mit ihm …“, sagte ich zu mir selbst und spürte, dass ich recht hatte, ohne sagen zu können, woher ich die Sicherheit nahm. Ich wollte herausfinden, warum er sein Gesicht so hartnäckig verbarg und was anders mit ihm war.

Im Winter dauern die Nächte lang. In jener Zeit brach der Morgen erst an, wenn die ersten Arbeiten auf der Burg bereits verrichtet waren, die Kochfeuer brannten und die Kessel mit Eisstücken gefüllt waren, die ich im Saynbach sammeln und in einem Korb herauf zur Burg schleppen musste.

„Die reichen nicht!“, blaffte jemand mich an diesem Morgen an, nachdem ich die zweite Ladung in den großen Kupferkessel gekippt hatte. Die Glocke von Sankt Katharina schlug gerade siebenmal. Mit einer Hand fuhr ich mir über die verschwitzte Stirn. Wenigstens fror ich nicht, wie die anderen, die der schneidenden Kälte im offenen Burghof ausgesetzt waren.

„Los, sieh zu, dass du noch einen Korb heraufbringst! Und beeil dich!“

Ich kannte den Saynbach, wusste um jede Windung, jede Stromschnelle. Ich kannte die Stellen, wo er gemächlich dahinfloss, ebenso wie die, an denen er seine wilde Seite zeigte. Mutter hatte mir beigebracht, wo ich gefahrlos im Kiesbett stehen konnte, um das Wasser herauszuschöpfen, und wie sich im Winter die Eisschollen abschlagen ließen.

Noch bevor ich an diesem Morgen mit dem Korb auf den Armen die seichte Einbuchtung am Ufer erreichte, sah ich, dass bereits jemand vor mir dort war. Verborgen hinter tief hängenden Ästen wartete ich. Sofort begann die Kälte mir unter die Kleider zu kriechen und mein Atem stieg in kleinen weißen Wölkchen in die Luft. Gebannt starrte ich durch die Lücken der Zweige.

Obwohl der Mann mir mit dem Rücken zugewandt stand, in ledernen Stiefeln, wie alle Spanier sie trugen, und in einen knielangen warmen Umhang gehüllt, die Kapuze tief ins Gesicht gezogen, erkannte ich ihn sofort. Abwechselnd blickte er nach beiden Seiten. In der Rechten hielt er sein Ross am Zügel, einen kräftigen Schimmel, der sich kaum bewegte. Mit angehaltenem Atem beobachtete ich, wie der Spanier plötzlich den Zügel losließ und sich mit beiden Händen die Kapuze vom Kopf streifte.

Was ich sah, erschreckte mich derart, dass ich einen kurzen Schrei ausstieß und gleich darauf die Hand vor den Mund presste. Der Korb fiel mir aus den Armen. Auf dem Waldboden knackten Äste und vereistes Laub. Der Spanier fuhr herum. Ich stolperte. Zu spät, um wegzurennen. Mein Herz pochte zum Zerspringen. Vor mir stand das Mädchen aus meinen Vorahnungen!“

„Ein Mädchen gehörte zu den spanischen Besatzern?“, fragte die kleine Greta, als ihre Großmutter eine Pause machte. Der Blick der alten Frau war in die Ferne gerichtet, ins Leere und gleichzeitig mitten hinein in die Geschehnisse von damals.

„Ja“, nickte Greta, „Inez gehörte zu ihnen. Sie verstand etwas von den Heilkräften der Natur, konnte heilende von giftigen Pflanzen unterscheiden und sah, genau wie ich, die Dinge voraus. Alejandro Alvarez war ihr Bruder. Sie begleitete ihn, weil er ihr und ihren Vorahnungen vertraute, außerdem schätzte er ihr Wissen der Heilkunde. Einen Wundbrand in seinem Gesicht hat er nur überlebt, weil seine Schwester viele Wochen lang mit Kräutersud gegen sein Fieber gekämpft und die Wunde gepflegt hatte.“

„Was geschah, als ihr euch am Saynbach begegnet seid?“

„Wir erkannten uns. Wir wussten, dass wir uns in unseren Vorahnungen gesehen hatten, sie mich und ich sie – und dass uns etwas verband. Wir konnten dieses Gefühl nicht benennen, spürten aber die Kraft zwischen uns, es war, als sei ein Band mit zwei Enden endlich zusammengefügt worden. Wir trafen uns jeden Tag, heimlich, immer an der gleichen Stelle, an unserem Ufer. Später nahm ich sie mit zum Kirchhof. Sie hatte keine Angst. Nicht vor dem Kirchhof, nicht vor meinem blinden Auge, nicht vor dem Kauz, der nun auch ihr Verbündeter war. Sie nannte ihn Cárabo. Von da an trug er einen Namen. Obwohl wir uns nicht in der gleichen Sprache verständigen konnten, verstanden wir einander. Manchmal genügte ein Blick. Aber wir brannten darauf, auch miteinander zu sprechen und so begannen wir, zu lehren und zu lernen. Es ging schnell, wir begriffen beide rasch und es war ein Fest, als wir merkten, dass wir die Worte der anderen verstanden. Wir nannten uns *hermanas*, Schwestern, weil wir uns so fühlten. Es war, als habe sie immer schon zu mir gehört.

Eines Tages aber veränderte sich alles.

Es war kurz nach dem Dreikönigstag. In der Nacht war frischer Schnee gefallen. Keine Spur zeichnete sich darin ab, als ich am Morgen aufstand, um im Dunkeln zum Grab meiner Mutter zu gehen. Ich trug meine kleine Laterne mit dem Talglicht bei mir, sie leuchtete den Weg kaum aus, aber der Schnee strahlte umso heller. Ich hatte das Grab meiner Mutter noch nicht erreicht, als ich plötzlich spürte, wie sich mein Blick nach innen richtete. Der Sog war stark, die Finger meiner freien Hand krallten sich in den Wollstoff meines Mantels.

Dann sah ich den Schatten zum ersten Mal. Lautlos senkte er sich auf alles Helle und Lebendige herab, bedeckte und begrub es unter sich, bis nichts mehr blieb als tiefe Dunkelheit. In der Mitte des Schattens aber erkannte ich eine winzige Gestalt, die auf der Erde kauerte, und eine zweite, die sich schützend über sie beugte. Dann, von einem Augenblick zum nächsten, tauchte ich auf. Es hatte wieder zu schneien begonnen. Den Laternengriff hielt ich mit der eisigkalten Hand umklammert und meine Füße waren vor Kälte taub geworden. Das Herz schlug mir hart in der Brust, ich raffte meinen Rock und lief.

„Etwas Entsetzliches wird geschehen, Mutter!“

Ich warf mich auf ihr Grab, schlug mit den Fäusten auf die gefrorene Erde, schluchzend und weinend wie ein Kind. Ich hatte keine Einzelheiten erkannt und doch wusste ich, dass der Schatten mein Leben bedrohte.

Natürlich sprach ich auch mit Inez darüber. Auch sie hatte in der gleichen Nacht Ähnliches gesehen. Unsere Unfähigkeit, die Bilder aus den Vorahnungen zu deuten, machte uns Angst. Sie verfolgten uns beide, wiederholten sich. Wir ahnten, dass sie erst der Anfang waren.

Es folgte das Frühjahr. Tauwetter setzte ein. Tagelang tropfte es von Bäumen und Dächern, Rinnsale von Schmelzwasser rannen bergab ins Tal. Die Erde war aufgeweicht wie glitschiger Morast, Wagenräder blieben darin stecken und die Dorfleute kamen kaum ohne Stürze voran.

Ich war gerade auf Händen und Knien aus den Hühnerställen gekrochen und hatte tief Luft geholt – der beißende Gestank klebte noch an mir und brachte mich zum Husten –, als die Mittagsglocke von Sankt Katharina die zwölfte Stunde schlug. Noch vor dem letzten Glockenschlag gellte der Schrei des spanischen Wachpostens auf dem Turm der Schildpforte durch die Luft. Bald darauf ertönte ein zweiter vom Turm der Wiebelspforte. Sogleich sah ich Knechte und Mägde über den Burghof hetzen. Die Angst stand ihnen in die Gesichter geschrieben.

„Ein Sturmangriff! Wir müssen beten, die Heilige Muttergottes wird uns beistehen!“

Ich blickte ihnen nach, ohne zu begreifen. Mit zusammengekniffenen Augen entdeckte ich die Statur des buckligen Küsters vor der Kirche. Er riss das Portal des Gotteshauses auf und winkte mit beiden Armen alle herbei, die dort Zuflucht suchten. Ich wandte den Kopf. Kinder schrien, Hunde rannten bellend umher und im Nu war der Vorplatz der Burg überfüllt mit berittenen und bewaffneten spanischen Soldaten. Alvarez’ Stimme dröhnte knappe Befehle und seine Männer bezogen Stellung rund um die Burg, ihre blitzenden Rapiers im Anschlag. Ich wusste nicht, was vor sich ging, aber den Schatten aus meinen Vorahnungen spürte ich so deutlich und nah, als müsste ich ihn sehen können.

Plötzlich zog mich jemand am Ärmel zur Seite. Ich wandte mich um und blickte in das runzelige Gesicht der alten Martha.

„Lauf, Greta! Lauf zur Kirche und warte dort, bis es vorbei ist."

Dankbar, einem vertrauten Menschen zu begegnen, atmete ich auf.

„Was geschieht, Martha?"

„Ein Angriff. Die Wittgensteiner! Sie werden uns befreien, die Burg zurückerobern! Man sagt, die Belagerung dauert schon länger, aber die Spanier fühlten sich zu sicher hier. Los, jetzt lauf, Mädchen!"

Ich lief nicht. Nicht zur Kirche. Meine Beine leiteten mich in die entgegengesetzte Richtung. Sie trugen mich zur Westmauer, ins Gewimmel der spanischen Soldaten. Wie eine Schiffbrüchige irrte ich zwischen ihnen und ihren schnaubenden Rössern umher. Ich ließ mich anschreien und wegstoßen, stürzte auf die schlammige Erde, richtete mich wieder auf, verlor meinen Mantel, lief weiter und suchte nur nach einem einzigen Menschen.

Im gleichen Moment, da das Hufgeklapper des ersten angreifenden Trupps auf dem Burgweg zu vernehmen war und gleich darauf die Zweikämpfe begannen, entdeckte ich Inez. Sie stand am Ende der Mauer, den Blick in die Weite gerichtet, voller Ruhe, als könne sie damit der drohenden Gefahr trotzen, die Kapuze tief im Gesicht. Auch sie hielt eine der langen, gefährlichen Stichwaffen in der Hand.

„Du willst kämpfen, Schwester?", sprach ich sie an.

Sie hob den Kopf. Kein Wort kam über ihre Lippen. Die Hand, die die Waffe hielt, zitterte. Ich spürte, dass sie es vor mir verbergen wollte. Ich berührte ihre Schulter.

„Ich habe Angst um dich", flüsterte ich, „miedo …"

Sie nahm mich in die Arme. Wir hielten uns, es war ein Versprechen, wir brauchten keine Worte dafür.

Um uns herum vermehrten sich die Angreifer schneller als die Spanier sie zurückdrängen konnten. Schreie, Waffenklirren und das Stöhnen verwundeter, sich im Schmerz windender Männer betäubten mich. Ich wollte helfen und konnte es nicht. Ich wollte Inez bei mir haben, sie festhalten, sie vor dem Schatten bewahren und wusste nicht wie.

Man nahm sie gefangen. Mit den anderen, die das Gefecht überlebt hatten. Ich weiß nicht, wohin sie sie brachten.

Noch am selben Tag feierte man den Sieg der Wittgensteiner und die Zurückeroberung der Isenburg. In Sankt Katharina dankte man der Muttergottes für die Befreiung. Ich indessen lief zum Kirchhof und weinte mir die Seele aus dem Leib."

„Inez ist deine Seelenschwester?", fragte die kleine Greta.

Sie hob den Kopf, um im Gesicht ihrer Großmutter nach einer Antwort zu suchen. Erschöpft vom Sicherinnern hielt die alte Frau ihre Augen geschlossen und den Kopf müde an die Hauswand gelehnt.

„Hast du sie wiedergesehen?"

Greta überlegte, ihrer Geschichte ein versöhnliches Ende zu geben, eins, das der Kleinen gefallen würde. Sie strich ihrer Enkelin übers Haar und schüttelte den Kopf.

„Nein", sagte sie, ohne dabei die Augen zu öffnen. Die Wahrheit würde die Kleine nicht erschrecken.

„Wir sahen uns nie wieder …" Sie stockte, als suche sie nach den richtigen Worten. Dann neigte sie ihr Gesicht zu dem Kind herunter.

„Dennoch ist ein Teil von ihr bei mir geblieben."

„Wie geht das, Großmutter?"

Ein Lächeln zog über das Gesicht der Alten. „Haben zwei Seelen sich einmal miteinander verbunden, kann nichts sie trennen, nichts sie jemals entzweien, nicht einmal der Tod. Ein Teil der Seele wird immer mit der anderen verbunden bleiben, über jede Trennung hinweg und über den Tod hinaus."

Gretas Kinderarme schlangen sich um den Hals der Großmutter.

„Glaubst du, dass es auch für mich eine Seelenschwester gibt?"

Sie hatte geflüstert, als spräche sie über ein Geheimnis, das nicht für fremde Ohren bestimmt war. Die alte Greta erwiderte die Umarmung.

„Wer weiß“, flüsterte sie zurück. Sie schmiegte ihre Wange an die ihrer Enkelin.

„Wenn du die Dinge, die dir im Leben widerfahren, mit den Augen des Herzens betrachtest, wird sie dir vielleicht eines Tages begegnen. Ihr werdet einander erkennen, so wie Inez und ich uns erkannten.“

Sie griff in ihre Schürzentasche und zog ein kleines Tuch heraus, aus feinem Damast, mit Spitze umhäkelt.

„Nimm es“, sagte sie und drückte es der kleinen Greta in die Hand. „Ich habe es gestickt, vor langer Zeit, und trage es seitdem bei mir. Ab heute soll es dir gehören.“

Mit großem Ernst faltete die Kleine das Tüchlein auseinander und strich es auf dem Schoß der Großmutter glatt. Zwei Finger glitten über das sorgfältig gestickte Motiv; den braun-weiß gefleckten Rumpf, den winzigen gebogenen Schnabel, die gespreizten Flügel, die aussahen, als wollten sie gerade zum Abflug anheben.

Sie hob den Kopf und erwiderte das Lächeln der Großmutter, den Schatz geborgen in ihren kleinen Händen.

Versprochen

(Hachenburg, Anno Domini 1636)

Es war die dritte Fuhre seit dem Morgen, eine weitere Todesladung. Obschon der Sommer bleiern über dem Land lastete, schauderte Almut beim Anblick dessen, was sie drüben auf dem Erbenfeld erspähte. Es war zu weit, um Einzelheiten zu erkennen, Gesichter vielleicht oder Stimmen zu vernehmen, aber nah genug, um zu begreifen, was dort vor sich ging. Seit Tagen dasselbe Bild, die sich immerfort wiederholenden Handgriffe der Totengräber. Der Leichenkarren, beladen mit zwei, drei, manchmal auch mehr, in schmuddelige Tücher eingewickelten Toten, wurde, kaum dass er zum Stehen gekommen war, in einer Hast, die eines Verstorbenen kaum würdig war, seiner faulenden Fracht entledigt. Zu zweit wuchteten sie die Leichname vom Karren, warfen sie, einen nach dem anderen, in die zuvor ausgehobene Grube und schaufelten Erde darüber, ohne Zeit zu verlieren.

Einmal in der Morgendämmerung hatte Almut sich herangewagt und mit angehaltenem Atem hinterm Gestrüpp gewartet, bis die Totengräber mit ihrem Karren wieder verschwunden waren.

Sie hatte geweint beim Anblick der ungezählten, nachlässig aufgehäuften Erdhügel, unter denen man die Menschen wie Tiere verscharrt und ohne Gebet vergraben hatte. Das Erbenfeld war ein Pestfriedhof geworden und die Sorge, der Schwarze Tod könnte auch Mattes geholt haben, raubte Almut beinahe den Verstand.

An den kühlen Stein der Scheune gelehnt, die ihr seit dem Tag ihrer Verbannung aus der Stadt als Bleibe diente, verschloss sie die Augen vor dem Grauen. So bemerkte sie die schwarzbraune Stute nicht, die in der Nähe mit lose herunter baumelnden Zügeln graste, ebenso wenig wie den neben ihr knienden Reiter. Besorgt dreinblickend betrachtete er die Fessel ihres rechten Vorderbeines, während er ungehaltene Flüche ausstieß.

Almut fuhr herum, als sie seine Stimme vernahm. Nur selten verirrten sich Durchreisende hierher. Obwohl der seit Jahren währende Krieg immer wieder Flüchtlinge und Soldaten in die Gemarkung an der Nister trieb, waren es, seit sie in der Scheune außerhalb der Stadtmauern lebte, kaum mehr gewesen, als sie Finger an einer Hand hatte. Ein Augenblick genügte, um den Fremden vom Kopf bis zu den Stiefeln zu mustern. Er sah gesund aus, gewaschen und sauber gekleidet, hatte braunes, schulterlanges Haar und einen dünnen Kinnbart. In seinem Gürtel steckten Reithandschuhe aus feinem Leder.

„Habt Ihr Euch verirrt, Herr?"

Sie hatte es nicht verlernt. Vielleicht gehörten zwanglose Plaudereien mit fremden Männern zu den Dingen, die einem, wenn man sie einmal beherrschte, in Fleisch und Blut übergingen. Dieser hier machte einen wohlhabenden Eindruck, außerdem waren die Packtaschen am Sattel seines Pferdes gut gefüllt, vielleicht bezahlte er mit Essbarem. Augenblicklich legte sie die Gedanken an die Seuche, an Mattes, all ihre Sorgen, den Hunger und die Angst ab wie ein zu eng gewordenes Kleid und schlüpfte in ihre zweite Haut. Wie zufällig hob sie beim Gehen ihren Rock etwas höher, als es nötig gewesen wäre. Mit der anderen Hand griff sie in die rotblonde Flut ihrer Haare. Sie verfilzten allmählich, doch noch fand Almut eine Strähne, die sich anmutig um den Finger drehen ließ. Sie setzte das aufreizende Lächeln auf, von dem sie wusste, dass die Männer es mochten, und ließ ihn, als nur noch ein Schritt zwischen ihnen lag, einen Blick in den Ausschnitt ihres Leibchens werfen.

„Nein, nicht verirrt." Der Fremde erwiderte ihre Koketterie mit dem Blick, den Almut erwartet hatte. Die Grübchen in seinen Wangen gefielen Almut, sie verliehen seinem Gesicht etwas Schelmisches. Doch der Augenblick dauerte nur kurz, gleich darauf trat er einen Schritt zur Seite und wandte sich wieder seinem Tier zu.

„Ich war im Gefolge meines Herrn unterwegs, als plötzlich mein Pferd lahmte", sagte er. Das Lächeln wich, besorgt runzelte er die

Stirn. „Ich musste absitzen, um es am Zügel zu führen und die anderen vorreiten lassen.“ Mit der einen Hand klopfte er sanft den Hals des Tieres, mit der anderen kraulte er seine Mähne.

Almut warf einen raschen Blick auf die Stute. Nur die Spitze des Hufs berührte die Erde.

„Erlaubt Ihr, dass ich es mir ansehe?“ Ohne seine Antwort abzuwarten, trat Almut näher und ließ die weiche Pferdeschnauze eine Weile an ihrer Hand schnuppern. Während sie dem Tier leise zuredete, streichelte sie unentwegt das weiche Fell über den Nüstern. Schließlich beugte sie sich herab und befühlte mit beiden Händen die Fessel des Tieres.

„Da ist eine Verhärtung zu spüren“, sagte sie und richtete sich auf. „Ihr solltet ihr Ruhe gönnen und die Stelle kühlen.“

Der Fremde hatte sie schweigend beobachtet.

„Woher habt Ihr dieses Geschick?“, fragte er.

„Ihr nennt es Geschick?“, erwiderte Almut. „Dinge zu wissen, ohne sie erklären zu können, ist nicht immer von Vorteil.“

„Wie meint Ihr das?“

Almut musterte ihn einen Moment lang. Er war ein Fremder, sie kannte nicht einmal seinen Namen, es gab keinen Anlass, ihm zu erzählen, was ihr widerfahren war. Und da die üppigen Rundungen ihres Körpers ihn offenkundig nicht lockten, wandte sie sich wortlos ab, ging zurück zum Scheunentor und griff nach dem geflochtenen Weidenkorb, der dort stand.

„Wartet!“, rief der Fremde ihr nach, während sie sich entfernte. Ohne sich zu ihm umzudrehen, antwortete sie: „Ich muss dafür sorgen, dass ich etwas in den Bauch bekomme. Geht und führt Eure Stute in den Bach, damit sie ihre Fessel kühlen kann.“

Sie verkniff sich ein Lächeln, als sie seine Schritte hinter sich hörte.

„Verzeiht, dass ich mich Euch nicht vorgestellt habe“, beeilte er sich zu sagen. Almut warf ihm im Gehen einen flüchtigen Seitenblick zu.

„Jakob Wittmann, Kurierbote in Diensten Vollrath von Waldecks.“

Almut wechselte den Korb von einem in den anderen Arm.

„Nun, Jakob Wittmann, als Kurierbote mit einem lahmen Pferd seid Ihr Eurem Herrn nicht von großem Nutzen.“

Er lächelte. „Da habt Ihr recht. Ich sollte jemanden suchen, bei dem ich mein Pferd unterstellen kann, und meinen Weg zu Fuß fortsetzen. Auf der Burg wird man mir, sollte es nötig sein, gewiss ein gesundes Tier zur Verfügung stellen."

Abrupt unterbrach Almut ihren Schritt.

„Ihr seid auf dem Weg zur Hachenburg?"

Ungläubig, mit in Falten gelegter Stirn blickte sie ihn an. „In eine Stadt, in der seit Wochen der Schwarze Tod wütet?"

Jakob nickte. Auch er war stehengeblieben.

„Mein Herr wurde in einer wichtigen Angelegenheit zu Gräfin Luisa Juliana gesandt. Sie duldet keinen Aufschub."

Almut schüttelte den Kopf. „Was kann so wichtig sein, dass man den Tod dafür in Kauf nimmt?" Sie setzte ihren Weg fort.

„Es hat mit dem Tod des Thronfolgers zu tun und mit Streitigkeiten um die Erbfolge."

Mit langen Schritten eilte Jakob neben ihr her.

„Der Thronfolger ist tot?", fragte Almut überrascht. „Ihr meint den kleinen Ludwig?" Seit ihrer Verbannung war sie nicht mehr informiert über die Geschehnisse innerhalb der Stadt.

Jakob nickte. „Er starb in der letzten Woche. Der Erzbischof hat Vollrath von Waldeck als eine Art Vormund für die Gräfin eingesetzt. Mehr darf ich Euch darüber nicht erzählen, Kuriergeheimnis."

„Und habt Ihr keine Angst vor der Pest, Jakob Wittmann?" Wieder war sie stehen geblieben, blickte ihm fest in die Augen.

„Hinter den Burgmauern ist man sicher", erwiderte er. Es klang wenig überzeugend.

„Wer sagt das?"

„Von Waldeck."

„Eigenartig, nicht wahr, wenn man bedenkt, dass ein kleiner, bis dahin kerngesunder Kronprinz so plötzlich stirbt? Vielleicht macht die Pest keine Unterschiede zwischen Adel und Volk."

Sie eilte weiter, Jakob folgte ihr.

„Woher wollt Ihr wissen, dass er an der Pest starb?", fragte er.

„Ich sagte Euch bereits, dass es nicht immer von Vorteil ist, Dinge zu wissen, ohne sie erklären zu können."

Sie hatten das Brombeergebüsch erreicht und Almut begann mit flinken Fingern die Beeren von den stacheligen Trieben zu zupfen.

„Was glaubt Ihr, warum ich in einer Scheune vor der Stadt leben muss?“, fragte sie.

„Verratet Ihr es mir?“

Kurz blickte Almut zu ihm auf und während die reifen Früchte in ihren Korb wanderten, begann sie zu erzählen.

„Ich sah die schwarzen Ratten, wie sie von einem Haus ins nächste liefen, ich sah sie siechen und sterben, eine nach der anderen.“ Unverhohlene Wut klang in jedem Wort mit, das ihre Lippen verließ. „Da wusste ich, dass das der Anfang war. Erst sterben die Ratten, dann die Menschen. Keiner wollte mir glauben, sie beschimpften mich als eine Verrückte. Als bald darauf die ersten Bewohner krank wurden und der Gestank wie fauliger Moder aus den Häusern in die Gassen kroch, fiel ihnen meine Warnung wieder ein und sie kamen und zerrten mich aus dem Haus. Übernatürliche Fähigkeiten dichteten sie mir an, eine Hexe sei ich und ich solle mich zum Teufel scheren, damit er mit Weibern wie mir einen Pakt schließen könne. Sie spuckten mich an und schrien hinter mir her, ich sei schuld an allem, weil ich die Ratten verhext hätte und nur durch mich die Pest in die Stadt gekommen sei. Sie stießen mich die Gasse herunter, zur Unterpforte heraus und dann warfen sie das Tor hinter mir zu.“

Schweigend hatte Jakob ihr zugehört, hatte bemerkt, wie sich ihr Gesichtsausdruck verändert und ihre Stimme am Ende schrill und spitz geworden war. Wie eine Wilde riss sie an den Brombeerzweigen, stach sich in die Fingerspitzen, warf die Beeren achtlos in den Korb.

„All die feinen Herren“, fuhr sie fort und es war, als spie sie jedes Wort wie einen giftigen Bissen aus, „der Bürgermeister, die Schöffen, der Schultheiß, sie alle, die mich zuvor Woche um Woche bezahlten für die Lust, die ich ihnen verschaffte, sie alle schrien hinter mir her und jagten mich davon.“

Eine Weile schwiegen sie, dann fragte Jakob leise: „Gab es niemanden, der Euch beistand?“

„Doch“, flüsterte sie. Mitten in der Bewegung hielt sie inne, taumelte. Ihre Knie zitterten, der Korb fiel zu Boden, die Beeren rollten über die Erde.

Hinter ihren geschlossenen Lidern tauchte Mattes auf. Wie ein wildes Tier hatte er versucht, die sich ihm in den Weg stellende Horde zurückzudrängen. Dem Schöffen hatte er einen Fausthieb auf die Nase versetzt und am Ende, überwältigt von vier Amtsdienern, dagestanden mit den traurigsten Augen, die Almut jemals gesehen hatte; die Hilflosigkeit hatte sich in ihnen so klar gespiegelt wie der Mond in einem See.

Mit der Erinnerung kroch ihr eine Schwäche in die Glieder, die ihr den Halt nahm. Bevor sie in den Beerenhecken zusammenbrechen konnte, sprang Jakob hinzu und fing sie auf. Seine Arme um ihren Körper fühlten sich stark an, sie lehnte ihren Kopf an seine Schulter, schluchzend wie ein Kind, und er trug sie zurück zur Scheune.

Dort gab er ihr von dem gewürzten Wein, den er bei sich im Sattelgepäck trug und teilte die Reste seines Proviants mit ihr, Haferbrot, kaltes Huhn und ein Stück Käse.

„Ich danke Euch“, sagte Almut nach einer Weile, die sie schweigend nebeneinander gesessen und gekaut hatten. Sie wischte sich einen Brotkrümel aus dem Mundwinkel.

„Es war ein Festmahl.“ Sie lächelte.

„Habt Ihr einen Namen?“, fragte Jakob.

Einen Augenblick schwieg Almut. Dann sagte sie: „Es ist besser für Euch, ihn nicht zu kennen. Er könnte Euch in einem unbedachten Moment über die Lippen kommen und in Schwierigkeiten bringen.“

Sie wechselten einen Blick.

„Man wird Euch bezichtigen, mit einer Hexe im Bunde zu stecken“, fügte sie leise hinzu, „und Euch nicht unbehelligt lassen, wenn man hört, dass Ihr meinen Namen kennt.“

Sie wünschte sich, es möge wie eine Erklärung klingen.

Jakob lächelte. „Wie soll ich Euch dann nennen?“

„Ihr braucht mich gar nicht zu nennen.“

„Aber ich möchte Euch nicht namenlos in meiner Erinnerung behalten.“

„Warum *wollt* Ihr mich denn in Eurer Erinnerung behalten?“

„Vielleicht, weil Ihr es wert seid, sich an Euch zu erinnern.“

Almut wandte sich ab. Dieser hier war anders. Anders als die Männer, die sich mehr für die Vorzüge ihres Körpers interessierten als für ihren Namen. Warum wollte er sich an sie erinnern, wo sie ihm nicht einmal eine kleine Freude bereitet hatte?

„Ihr kennt mich kaum“, sagte sie leise. Das Sprechen fiel ihr schwer, sie spürte, dass Jakob Wittmann sich mit jedem Wort, jeder Geste, mit jedem Grübchenlächeln in einen Teil ihres Herzens stahl, und all dies dort aufgenommen wurde wie Sommerregen von ausgedörrter Erde.

„Dann wäre Euer Name doch ein guter Anfang. Wie also soll ich Euch nennen?“ Jakob blieb stur.

„Nennt mich wie Ihr wollt“, antwortete sie einsilbig. Es klang schroffer als es gemeint war, aber sie wollte seine Aufmerksamkeit von sich fortlenken. „Und sagt mir vor allem, was habt Ihr nun vor?“

Mit einer Kopfbewegung deutete sie hinüber zum Erbenfeld, wo gerade ein Leichenkarren zum Stehen kam und die Totengräber in der üblichen Hast damit begannen, weitere Pesttote zu beseitigen.

Jakob folgte Almuts Blick. Eine steile Falte bildete sich zwischen seinen Augenbrauen.

„Wenn es Euch recht ist, werde ich mein Pferd bei Euch lassen und zu Fuß in die Stadt gehen. Ist es weit von hier?“

Almut schüttelte den Kopf. „Geht bis zu dem kleinen Stauweiher und dann am Steinernen Kreuz vorbei, von dort aus könnt Ihr die Stadtmauer sehen.“

Jakob warf einen Blick auf sein Pferd. „Sollte von Waldeck mich mit einer Botschaft zum Erzbischof schicken, komme ich wieder, wenn ich die Stadt verlasse, und sehe nach dem Tier.“

„Einerseits seid Ihr verrückt, andererseits gäbe ich etwas dafür, mit Euch kommen zu können“, sagte Almut nachdenklich. Die Aussicht, Mattes zu sehen und sich von seinem Wohlergehen zu überzeugen, flammte wie ein Zunderschwämmchen in ihr auf und sorgte dafür, dass ein widersinniger Einfall in ihrem Kopf Gestalt annahm.

„Wozu wollt Ihr dorthin zurück, wo Ihr nicht geduldet seid?“, fragte Jakob.

Sie senkte den Kopf. Gedankenverloren betrachtete sie ihre Hände, die sich danach sehnten, Mattes an sich zu ziehen.

„Nach allem, was Ihr mir erzählt habt, wird man Euch kaum in die Stadt lassen“, wandte Jakob ein, nachdem sie ihm eine Antwort schuldig geblieben war. „Ihr wäret nicht die erste Unschuldige auf dem Scheiterhaufen.“

Das Zunderschwämmchen erlosch.

„Ein törichter Wunsch, Ihr habt recht“, pflichtete sie ihm kleinlaut bei. Sie seufzte. Doch gleich darauf warf sie den Kopf in den Nacken.

„Ein Handel, Jakob Wittmann!“ Sie war aufgesprungen, ihre Augen glühten. „Ich versichere Euch, für die Zeit Eures Aufenthaltes in der Stadt Euer Pferd zu beherbergen und mich um sein lahmes Bein zu sorgen, und Ihr sucht im Gegenzug jemanden in der Stadt, an dem mir sehr viel liegt und berichtet mir bei Eurer Rückkehr, wie es ihm geht!“

Erwartungsvoll suchte sie in seinem Gesicht nach einem Zeichen der Zustimmung. Jakob hingegen krauste die Nase und schwieg.

„Denkt Ihr nach?“, fragte Almut, die seinen Gesichtsausdruck nicht deuten konnte.

Jakob erhob sich. Wortlos trat er zu seinem Pferd, wuchtete Reitsattel samt Gepäck von dessen Rücken, brachte alles in die Scheune und packte ein paar Dinge in seine Botentasche, die er sich anschließend über die Schulter warf. Almut indessen wartete am Scheunentor, ein wenig ungeduldig zwar, aber nicht ohne die Hoffnung auf sein Einverständnis.

„Seid Ihr nun ein Kurier oder seid Ihr keiner?“, rief sie ihm zu, als er sich schließlich wieder zu ihr gesellte.

„Also gut.“ Breitbeinig und mit verschränkten Armen baute er sich vor ihr auf. „Wer ist es?“

Almut atmete auf. „Sein Name ist Mattes. Sein Haus findet Ihr in der Leingasse, wo die Leineweber ihre Werkstätten haben.“

Sie stockte, in Erwartung eines ablehnenden Wortes oder einer Geste, die seine Abneigung deutlich machte. Nirgends besaßen die Leineweber Ansehen, es waren ehrlose Handwerker, die man im selben Atemzug mit Abdeckern, Hausierern oder Totengräbern nannte. Almut hätte es Jakob nicht verübelt, wenn ihn dies dazu veranlasst hätte, von seiner Einwilligung zurückzutreten. Erst als sie sah, dass sein Gesichtsausdruck unverändert blieb, sprach sie weiter.

„Sagt ihm …“ Wieder hielt sie inne. „Sagt ihm …“

Fragend hob Jakob eine Augenbraue.

„Wartet!“ Almut drehte sich um, schlüpfte durch das halb offenstehende Scheunentor und kam kurz darauf wieder heraus. In den Händen hielt sie ein aus grobem Leinen gewebtes Säckchen. Es hatte die Größe ihrer Handinnenfläche und war, gleich einem Amulett, an eine geflochtene Wollkordel geknotet.

„Gebt ihm dies“, bat Almut. Ihre Finger strichen über den Stoff. „Es enthält ein kleines Gefäß, in dem sich eine Art Pestelixier befindet. Es bei sich zu tragen, wehrt den Schwarzen Tod ab. Viele verschiedene Wurzeln, Gewürze und Kräuter sind nötig, um es zuzubereiten. Es heißt, es sei eine überaus wertvolle Arznei.“ Sie reichte es ihm. „Es hilft auch Euch“, fügte sie kaum hörbar hinzu.

Nachdenklich betastete Jakob das Säckchen. „Woher habt Ihr es?“

Almut richtete ihren Blick an seiner Schulter vorbei ins Leere. „Seinen Körper auf der Straße zu verkaufen, bringt nicht immer nur Münzen ein“, erwiderte sie. „Die Männer zahlen mit dem, was sie haben, und als Dirne nimmt man das, was man gebrauchen kann. In Zeiten wie diesen würde ich es auch für ein Stück Brot machen. Dies hier hat mir ein fremder Medicus gegeben, der zu mir kam, ein paar Tage nachdem ich aus der Stadt verbannt wurde. Er ging in die Stadt, um die Pestkranken zu heilen, aber als er merkte, dass er machtlos war, verließ er Hachenburg. Er blieb eine Nacht bei mir und bevor er weiterzog, ließ er Hut und Pestmaske hier, und bezahlte mich mit dieser Arznei. Er nannte sie Theriak.“

Jakob steckte sich das Amulett ins Wams. „Ihr habt mein Wort.“

Zweimal ging die Sonne auf und wieder unter. Schwer und golden reifte auf den Feldern rund um die Stadt das Korn, und Almut fragte sich, wer es schneiden würde, wenn der Schwarze Tod all jene geholt hatte, die mit der Sense umzugehen wussten. Birnen und Äpfel fielen faul von den Ästen und wurden von den Vögeln zerhackt oder von Mäusen zernagt. Mehrmals am Tag führte sie Jakobs Stute zum Bach, um sie zu tränken und die angeschwollene Fessel zu kühlen. Am Abend nahm sie sie mit in die Scheune. Die gleichmäßigen Atemzüge eines lebenden Wesens in der Nähe zu hören, hatte etwas Beruhigendes. Almut selbst lebte von wilden Beeren und Kartoffeln, die sie auf einem Acker in der Nähe ausgrub und in der Glut garte. Von Zeit zu Zeit folgte sie dem in die Stadt führenden Weg, immer nur bis zum Steinernen Kreuz, gerade so weit, dass niemand sie von der unteren Stadtpforte aus sehen konnte, und hielt Ausschau.

Am Morgen des dritten Tages wurde sie von Hufgetrappel geweckt.

„Gütiger Himmel, Jakob Wittmann!“, rief sie, als sie ins Freie trat, mit vom Schlaf zerzausten, Stroh gespickten Locken und mit nichts weiter auf dem Leib als ihrem fadenscheinigen Unterkleid aus verblichenem Leinen. Es war früh, die Sonne stand noch nicht sehr hoch. Jakob brachte seinen Gaul, einen kräftigen Schimmel mit feinem Zaumzeug und einem prachtvollen Ledersattel, zum Stehen. Feiner Staub wirbelte auf, als er heruntersprang.

„Guten Morgen“, erwiderte er, zog den braunen Filzhut vom Kopf und nickte Almut kurz zu. Er war gekleidet wie vor zwei Tagen, außer dass er diesen Hut trug, der ihn als Kurierboten kenntlich machte. Sein Lächeln misslang, Almut bemerkte, dass er sich dazu zwingen musste.

„Ihr seid zurück“, sagte sie. Er nickte, sein Blick war ernst, Almut konnte ihn kaum deuten. Dann ließ Jakob sich an der erloschenen Feuerstelle nieder. In den Händen hielt er das Pestamulett.

„Ihr habt ihn nicht gefunden“, stellte sie fest. Es klang nüchtern, aber sie musste sich zusammennehmen, um sich nicht in einen Strudel aus Enttäuschung und Angst ziehen zu lassen. Den Tränen nahe ließ sie sich neben ihm nieder.

„Doch“, entgegnete Jakob, „ich habe ihn gefunden.“

„Warum bringt Ihr dann …?“ Almut presste eine Hand vor den Mund. „Nein! Nicht Mattes!“ In einer verzweifelten Bewegung barg sie ihr Gesicht in beiden Händen.

Sanft berührte Jakob ihre Schulter. „Hört mir zu.“

Mit vor Schreck und Angst geweiteten Augen starrte sie ihn an.

„In Eurem Städtchen wütet der Tod, ich habe mit eigenen Augen gesehen, wie er von Haus zu Haus schleicht und nicht aufhört, die Leute dahinzuraffen, Kinder, Alte, Frauen, Männer, gleich welchen Alters. Unrat, Fäkalien von Menschen und Tieren treiben in den Gossen, Kadaver von Katzen und Hunden wohin man sieht, ein Fest für die Aaskrähen. Das Vieh in den Ställen verendet vor Hunger, weil niemand ihm zu fressen gibt. Jeder denkt nur an sein eigenes Überleben. Es gibt wenige, die ihre Pestkranken pflegen, tun sie es doch, werden sie bald darauf selbst von der Seuche befallen. Die anderen trennen sich von den Kranken und überlassen sie sich selbst, weil sie ohnehin sterben werden, sich selbst jedoch bringen sie in Sicherheit. Die ganze Stadt ist in der Hand der Seuche, auf dem Markt werden Särge feilgeboten statt Brot und Gemüse, ganze Familien wurden schon dahingerafft. In den Gassen verbrennt man Bettstroh und die Kleider der Toten und anschließend Wachholderbündel, um die Luft zu reinigen. Auf dem Friedhof bei der Bartholomäuskirche ist kein Klafter Erde mehr übrig, weshalb man das Erbenfeld zum Pestfriedhof gemacht hat. Inzwischen sind viele der Torwächter und auch die Leichengräber an der Pest zugrunde gegangen, sodass die Angehörigen selbst ihre Toten begraben müssen und sie zu jeder Tages- und Nachtzeit aus der Stadt herausbringen.“

Mit beiden Händen rieb er sich das unrasierte Gesicht.

„Ich habe noch nie etwas Derartiges gesehen“, fügte er tonlos hinzu.

Die Sonne war über das Scheunendach gestiegen und tauchte die Feuerstelle in das warme Licht des Sommermorgens. Heuschrecken zirpten im Gestrüpp, eine Amsel sang in der Nähe.

„Und Mattes?“ Almuts Stimme klang heiser, die Vorstellung, Mattes irgendwo in dem von Jakob beschriebenen Moloch zu wissen, war kaum zu ertragen.

„In den meisten Häusern der Leingasse lebt niemand mehr“, begann Jakob. Almut schluchzte auf. Eine Weile schwieg Jakob, es war, als suche er nach den richtigen oder den barmherzigsten Worten. „Ihr liebt ihn sehr, nicht wahr?“, fragte er stattdessen.

Sie nickte, wischte mit beiden Händen die Tränen fort, die ihr in Strömen übers Gesicht rannen und senkte dann den Kopf.

„Er liebt Euch auch.“

„Ihr habt mit ihm gesprochen?“ Die rote Mähne flog, als Almut ruckartig den Kopf hob.

„Nachdem ich vergeblich an viele Türen geklopft hatte, fand ich ihn.“

Almut warf einen fragenden Blick auf das Pestamulett.

„Warum habt Ihr es ihm nicht gegeben?“

Wieder rang Jakob nach Worten, wieder kämpfte Almut mit den Tränen.

„Hört zu, ich will Euch nicht weh tun, aber wenn Ihr die Wahrheit hören wollt …“

Mit dem Ärmelsaum wischte Almut sich übers Gesicht. „Sprecht weiter.“

„Ich trat in die Stube, widerwärtiger Gestank schlug mir entgegen und ich sah einen Mann auf einer Pritsche aus schmutzigem Stroh liegen. Seine wässrigen, blutunterlaufenen Augen machten mir Angst, aber ich hatte Euch mein Wort gegeben und ich wollte es halten, deshalb blieb ich an der Tür stehen und sprach mit ihm. Er hustete und spuckte dabei Blut und Schleim, sein Haar klebte in feuchten Strähnen an seinen Schläfen und ich sah die Pestbeulen unter der Haut an seinem Hals. Nur mit großer Mühe verstand ich, was er mir antwortete.“

Der von ihm Beschriebene wollte nicht zu dem Mattes passen, den Almut kannte, den sie liebte, ließ sich nicht vereinbaren mit dem Menschen, dem sie ihr Wort gegeben hatte, immer für ihn zu sorgen, ihn nie allein zu lassen. Um den Schmerz auf etwas anderes zu lenken, biss sie sich auf die Unterlippe.

„Was sagte er?“

„Er lehnte das Amulett ab, das ich ihm mit Euren Worten überbrachte, weil er ohnehin sterben würde und riet mir, zu fliehen, solange ich noch gesund sei, und dass ich es selbst zu meinem Schutze tragen solle. Zum Schluss schickte er mich zurück zu Euch, er sagte, Ihr bräuchtet jemanden, der Euch tröstet und beschützt, und dass er Euch dankt für alles, was Ihr je für ihn getan habt und er Euch liebt bis in den Tod.“

Jakob schluckte an seinen eigenen Worten. Sie schwiegen eine lange Weile.

„Die Sonne scheint“, sagte Almut irgendwann unvermittelt. Erstaunt sah Jakob sie an. Mit leerem Blick starrte sie hinüber zum Erbenfeld.

„Sie scheint wie in jedem Sommer, so, als wäre es ein Sommer wie alle zuvor. So, als gäbe es das alles nicht. Nicht die Pest und nicht die sterbende Stadt, nicht die vielen Grabhügel und nicht die Menschen, die einander lieben und auseinandergerissen werden von einer Tod bringenden Krankheit.“

„Vielleicht“, antwortete Jakob, „scheint sie für jene, die zurückbleiben, um ihnen zu zeigen, dass das Leben weitergeht. Dass die Felder wieder bestellt werden müssen, um neuen Samen hineinzusäen.“

Die Tränen auf Almuts Gesicht trockneten. Sie griff nach dem Pestamulett, öffnete den Stoffbeutel. Ein kleines, irdenes Gefäß kam zum Vorschein. In gleichförmigen Bewegungen ließ sie es eine Weile von einer Hand in die andere gleiten.

Sie hatte ihr Wort gegeben. Ihm versprochen, immer für ihn da zu sein. Ihn sterbenskrank und einsam in der Stadt zu wissen, trieb sie in den Wahnsinn. Etwas in ihr drängte, pochte und zog sie zu ihm hin. Sie konnte ihn doch in seiner Sterbestunde nicht allein lassen. Wenn Jakob recht hatte, waren die Stadttore inzwischen nur noch unzureichend besetzt und bis zur Leingasse war es nicht weit. Eine Weile starrte sie, verloren in ihren Überlegungen, vor sich hin, dann hob sie den Kopf und fixierte Jakobs Gesicht mit zusammengekniffenen Augen.

„Denkt Ihr, es ist möglich, dass man einen Pestheiler durchs Tor einlässt?“

„Einen Pestheiler?“ Jakob runzelte die Stirn. „Warum sollten sie einen, der kommt, um zu helfen, nicht einlassen? Weshalb fragt Ihr?“

Almut erhob sich. Ohne ein Wort eilte sie zur Scheune. In einer Nische im Stroh fand sie den achtlos hingeworfenen schwarzen Hut des Medicus und seine schnabelförmige Pestmaske.

„Er ertrug seine Machtlosigkeit nicht“, sagte Almut, als sie Jakob hereinkommen hörte. Sie nahm den Hut, setzte ihn auf.

„Passt genau!“, rief sie. Mit hastigen Handbewegungen stopfte sie ihre Haare darunter. Dann zog sie die Maske übers Gesicht.

„Was mir fehlt, ist ein langer schwarzer Mantel. Sagt, besitzt Ihr vielleicht einen, Jakob Wittmann?“

Das Innere der Schnabelmaske verzerrte ihre Stimme, sie klang fremd und hohl. Statt einer Antwort riss Jakob ihr mit einer aufgebrachten Gebärde den Hut vom Kopf und warf ihn zu Boden.

„Seid Ihr irre, Weib?“ Er verlieh seiner Stimme einen Unterton, laut und barsch, der Almut zusammenzucken ließ. Erschrocken wich sie zurück.

„In der Stadt geht das Sterben um, ich dachte, Ihr hättet das begriffen!“ Seine Augen funkelten vor Zorn. „Statt darüber nachzudenken, Euch dem Tod in die Arme zu werfen, solltet Ihr dankbar für Eure Verbannung sein und keinen Schritt mehr in diese Stadt setzen!“

Almut nahm die Schnabelmaske vom Gesicht. Sie strich sich eine Locke aus der Stirn.

„Vorgestern noch hätte ich nicht geglaubt, Euch bereits heute so sprechen zu hören“, sagte sie leise, „Ihr wolltet ohne Bedenken zur Burg hinaufreiten.“

„Vorgestern hatte ich keine Ahnung, was es für die Bewohner einer Stadt bedeutet, wenn die Pest umgeht.“

„Habt Ihr denn eine Ahnung, was es bedeutet, jemanden zu lieben?“ Sie sprach leise, sodass er sie kaum verstand, und senkte dabei den Kopf.

Er scharrte mit der Stiefelspitze im Staub. „Ja, das habe ich“, antwortete er ebenso leise.

„Würdet Ihr einen geliebten Menschen in seiner Todesstunde allein lassen? Noch dazu, wenn Ihr ihm versichert habt, eben dies nie zu tun?“

Sie war nah an ihn herangetreten, blickte zu ihm auf und sie spürte, dass er sie verstand, noch bevor er es sagte.

Sie nahmen die Pferde, Jakob den Schimmel, Almut die Schwarzbraune, die kaum noch lahmte.

Einen Mantel besaß Jakob nicht, aber in der Scheune fanden sie einen verschlissenen, dunklen Umhang, den Almut sich so überwarf, dass er ihr Kleid verbarg. In den Schnabel der Pestmaske füllte sie etwas Theriak, das Amulett legte sie Jakob um den Hals.

Almut hatte noch nie auf einem Pferd gesessen, Jakob musste ihr heraufhelfen und fing sie auf, als sie nach den ersten Schritten drohte herabzustürzen. Aber die Schwarzbraune war gutmütig, sie schien zu spüren, dass ihre Reiterin dieselbe war, die sie mit kundiger Hand zwei Tage lang umsorgt hatte.

Als sie die Unterpforte erreichten, trat ihnen der Torwächter mit müdem Gesicht entgegen. Er warf dem Pestheiler und seinem Kurierboten einen flüchtigen Blick zu und brummte, während er sie durchs Tor winkte: „Wenn Ihr’s versuchen wollt, Medicus, vielleicht find’t Ihr noch einen, dem Ihr helfen könnt.“

Almut staunte über die Mühelosigkeit, mit der sie eingelassen wurden. Sie nickte kurz, gab dem Pferd ein Zeichen mit dem Zügel, wie Jakob es sie gelehrt hatte, und ritt an seiner Seite in die Stadt, die sie seit vielen Wochen nicht betreten hatte.

Der Gestank in den Gassen übertraf alles, was Almut sich je hatte vorstellen können. Trotz der Pestmaske, die ihr einen gewissen Schutz bot und des durch die Kräuter hervorgerufenen Aromas, krochen ihr die Ausdünstungen der Krankheit und der Gestank von Fäkalien und verwestem Fleisch in die Nase.

Sie kannte die Menschen, die sich ihr erwartungsvoll in den Weg stellten, die Arme zu ihr heraufgereckt, die sie anflehten, mitzukommen, Pestbeulen aufzuschneiden, heilende Verbände anzulegen, eine Arznei zu bringen, die Wunder wirkt. Dass der Anblick eines Pestarztes für die Leute die längst verlorene Hoffnung wieder aufflackern lassen könnte, hatte Almut nicht bedacht. Es schmerzte, sie abzuweisen, wortlos an ihnen vorbeizureiten, mit Tränen in den Augen, die einen feuchten Film im Inneren der Schnabelmaske bildeten, und bei all dem einzig an Mattes zu denken.

Sie fanden ihn auf seinem Lager aus fauligem Stroh, in seinem eigenen Erbrochenen, umgeben von stickigem, Ekel erregendem Gestank, den sie ihr Leben lang nicht vergessen würden. Mit unbeseeltem Blick starrten die toten Augen an die Zimmerdecke, Gesicht und Hals waren übersät von schwarzen Flecken. Almut brach in Tränen aus und Jakob hielt sie in seinen Armen und strich ihr über die bebenden Schultern.

Beim Abnehmen der Maske zitterten ihre Finger. Sie stemmte sich gegen den Wunsch, zu Mattes ans Lager zu treten, ein letztes Mal seine Hand zu halten, ihn zu säubern, all das zu tun, was eines Verstorbenen letzte Würde gebot, bevor man ihn beisetzte.

„Ihr wollt ihn begraben, nicht wahr?“, fragte Jakob, der ihren inneren Zwiespalt ahnte.

Almut nickte. Sie wandte ihren Blick von der erbarmungswürdigen Gestalt ab, die nichts mehr mit dem geliebten Menschen von einst gemein hatte und barg ihr Gesicht an Jakobs Schulter.

„Dann lasst uns keine Zeit verlieren“, sagte er. Es klang so entschlossen, wie Almut es sich gewünscht hatte.

„Kennt Ihr Euch hier aus? Gibt es ein Gefährt, einen Leiterwagen vielleicht, den wir benutzen können?“

„Ja, ich kenne mich hier aus. Dies ist mein Elternhaus.“ Almut holte hörbar Luft. „Ein Karren steht in der Werkstatt nebenan. Er ist nicht groß, aber vielleicht wird er ausreichen.“

Jakob trat ins Freie, fand den baufälligen Schuppen und darin einen vierrädrigen Karren mit Deichsel sowie einen Strick. Almut indessen holte aus einem Nebenzimmer ein löchriges Laken, in das sie Mattes' toten Körper wickelten. Er war schwer, verströmte einen unerträglichen Gestank und es dauerte eine ganze Weile, bis sie ihn vollständig in das Laken eingehüllt und auf den Karren gehoben hatten. Das eine Ende des Seiles befestigte Jakob an der Deichsel, das andere am Sattel des Schimmels.

Zu Fuß, die Pferde neben sich her führend, verließen sie die Stadt.

„Seht Ihr, Medicus", rief der Torwächter hinter ihnen her, „hier können nur noch die Toten begraben werden!"

„Wie kann ich das jemals wieder gutmachen, Jakob Wittmann?"

Mit beiden Händen beschattete Almut die Augen. Jakobs vor Anstrengung gerötetes Gesicht und das schmutzige, vom Schweiß feucht gewordene Hemd verrieten die hinter ihm liegende Schinderei. Noch immer trug er Almuts Pestamulett um den Hals. Sie saßen nebeneinander am Rande des Erbenfeldes, die Grabhügel vor Augen, über denen die Gluthitze des Nachmittags lastete.

Sie hatten Mattes' Leichnam beigesetzt. Mit einer der Schaufeln der Totengräber hatte Jakob, nachdem er sich das Wams ausgezogen und die Hemdsärmel aufgekrempelt hatte, eine Grube ausgehoben. Gemeinsam hatten sie den Leichnam hineingelegt und während Jakob ihn mit Erde bedeckt hatte, stand Almut reglos dabei und weinte still in sich hinein. Jakob kannte ein Gebet, das hatte er gesprochen, es tröstete Almut, weil es von einer Ewigkeit handelte, in welche die Seelen nach dem Tode eingehen.

„Ihr könntet mir etwas über den Mann erzählen, den wir gerade begraben haben", antwortete Jakob.

Mit schräg gelegtem Kopf suchte Almut seinen Blick.

„Das ist alles? Sonst verlangt Ihr nichts?"

Nach allem, was er für sie getan hatte, wäre es nur allzu verständlich, sich von einer Hure seinen Dienst mit einer entsprechenden Gefälligkeit bezahlen zu lassen.

„Nein, sonst nichts. Ich habe Euch geholfen, weil es etwas gab, das wichtig für Euch war und was Ihr allein nicht fertiggebracht hättet."

Seltsam, dass ein Mann so dachte, Almut fehlte jegliche Erklärung dafür. Sie fragte sich, ob es jene Unerklärlichkeit sein konnte, die eine Verbundenheit zwischen ihnen schuf, in der sie sich ihm nicht mehr fremd fühlte. Ein Lächeln zog über ihr Gesicht, das erste seit Mattes' Tod.

„Gut", antwortete sie, „Ihr sollt wissen, was Mattes und mich verband." Sie hob den Kopf.

„Als er geboren wurde, war ich acht Jahre alt. Außer ihm gab es noch fünf weitere Geschwister. Unsere Mutter starb bei seiner Geburt und fortan hatte ich ihre Stelle einzunehmen."

Jakob unterbrach sie. Mit nach oben gezogenen Augenbrauen blickte er Almut von der Seite an.

„Er war Euer Bruder?"

„Ja, sagte ich das nicht?"

„Nein, das sagtet Ihr nicht. Ihr spracht von ihm als Mann, den Ihr liebt."

„Aber das tat ich doch. Ich liebte ihn wie eine Schwester ihren Bruder liebt. Ich habe ihn aufgezogen, für ihn war ich mehr eine Mutter als eine Schwester."

Jakob nickte. „Wollt Ihr weitererzählen?"

„Vater besaß die Leineweberwerkstatt, in der er von früh bis spät arbeitete, und ich hatte das Haus und die Kleinen zu versorgen. Sie starben alle, in beinah jedem Jahr trugen wir eins unserer Geschwister zu Grabe. Vater starb im letzten Winter an der Schwindsucht. Mattes und ich, wir blieben übrig. Die Werkstatt hatte vorher schon nicht viel eingebracht, jetzt aber verdienten wir so gut wie nichts mehr. Mattes tat, was er konnte, und auch ich half mit, aber es genügte nicht. Mein Leben lang hatte ich für uns gesorgt, also musste ich mir auch jetzt etwas einfallen lassen, um Mattes und mich vor dem Verhungern zu retten. Ich begann, den Männern im Wirtshaus oder nach den Festen meinen Körper gegen Geld oder Nahrungsmittel anzubieten, so wie ich es bei den Dirnen gesehen hatte. Wenn sie genug getrunken hatten, war ihnen gleich, dass ich die Tochter eines Leinewebers war. Ich tat es voller Widerwillen, aber es half uns zu überleben."

Ihren Blick starr geradeaus gerichtet, schwieg sie eine Weile, bevor sie weitersprach.

„Mattes hatte zeitlebens entsetzliche Angst, auch mich zu verlieren, und ich versprach ihm wieder und wieder, immer bei ihm zu bleiben, ihn nie allein zu lassen, nicht von ihm fortzugehen, all das, versteht Ihr?“ Sie blickte auf mit glänzenden Augen. „Und dann trieben sie mich aus der Stadt und von ihm fort. Ich konnte mein Wort nicht halten. Er brauchte mich und ich war nicht bei ihm.“

Sie verbiss sich die Tränen.

„Seit Ihr ein kleines Mädchen wart, sorgtet Ihr für andere“, sagte Jakob, der aufmerksam zugehört hatte. Sie hob den Kopf und sah ihn an.

„Vielleicht ist es an der Zeit, dass zukünftig jemand für Euch sorgt.“

„Wie meint Ihr das?“

Jakob erhob sich und reichte Almut die Hand, um ihr aufzuhelfen.

„Hört zu, ich breche jetzt auf, um dem Erzbischof ein Schreiben von Vollrath von Waldeck zu überbringen, es ist längst überfällig, aber schließlich wurde ich in einer dringenden Angelegenheit aufgehalten.“ Er zwinkerte ihr zu. „Übermorgen werde ich zurückkommen und Euch noch einmal nach Eurem Namen fragen. Nennt Ihr ihn mir, werde ich Euch bitten, mit mir zu kommen und von nun an für Euch sorgen zu dürfen.“

Almuts Knie begannen zu zittern, ihr Herz überschlug sich beinah. Sie konnte nicht glauben, um was er sie gerade gebeten hatte.

„Aber ich bin eine Dirne …“

Jakob nickte.

„Eine Hexe …“

Wieder nickte er, lächelte dabei sein Grübchenlächeln und nahm ihre Hände in seine.

„Und die Tochter eines Leinewebers …“

Es klang atemlos und verzweifelt, so als wolle sie ihn mit allen Mitteln umstimmen. Aber sie wehrte sich nicht, als er sie in seine Arme zog.

Sie schloss die Augen, lächelte still und flüsterte ihren Namen.

Funkenflug

(Dierdorf, Anno Domini 1650)

Tageslicht. Ein schmaler Streifen.

Als koste es ihn ungeheuerliche Kraft, zwängte er sich durch den Spalt im Mauerwerk weit oben, fast unter der Decke. Doch bis herunter zu ihr, die auf dem feuchten, nach Moder stinkenden Stroh kauerte, zitternd und verdreckt wie eine Dahergelaufene, reichte er nicht.

Nicht einmal das Licht lässt sich mehr zu mir herab.

Tag oder Nacht, als ob das noch wichtig wäre. Sie blinzelte nach oben; ein kläglicher Versuch, die Helligkeit zu sich herabzubeschwören. *Wie lange lasst ihr mich noch warten?*

Ihre Arme, hager wie zwei Stecken, umschlangen die angewinkelten Beine, ihr Kopf ruhte müde an den Mauersteinen. Sie schloss die Augen.

Hell und warm war es hinter den Lidern. Ein Leuchten kam von weit her, brachte den Sommer mit und das Lachen eines Kindes. Ein kleines Mädchen; übermütig lief es durchs hohe Gras, die Haare flogen hinter ihm her wie ein kupferfarbener Mantel im Wind. Es spielte Fangen mit den Schmetterlingen und lachte, wenn ein Muttergotteskäfer ihm die bloßen Arme heraufkroch. Auf den Wiesen vor der Stadtmauer suchte es nach Gartenminze und Margaretenkraut und nach den gelben Johanniswurzblüten, die aussahen wie winzige Sterne und sich so schön in die Zöpfe flechten ließen. In einem Korb trug es seine Schätze zur Großmutter, der Kräuter-Lina, wo es sie auf dem wackeligen Tisch in der Stube sortierte und der Alten bewies, was für eine gelehrige Schülerin ihre Enkeltochter war.

Nichts war schlimmer als das Ausgeliefertsein, das Ausharren müssen – und die Ausweglosigkeit, die ihr wie ein Schatten durch die

Tage folgte. Wie oft würden sie sie noch aus dem dunklen Loch herauszerren, unter den gaffenden Blicken der Menge zum Uhrturm treiben, die schmale Steinstiege hinauf stoßen und sie dort mit ihren unmenschlichen Spielchen quälen?

Seit vorgestern hatte das Kind in ihrem Leib sich nicht mehr geregt. Bei dem Gedanken daran glitt ihre rechte Hand auf die Wölbung unter dem verschlissenen Fetzen, der einmal ein Kleid gewesen war.

Teufelsbalg!, hatte der Schöffe mit den Schweinsaugen gerufen, seinen Zeigefinger auf ihren Leib gerichtet und ihr einen gelben Klumpen vor die Füße gespuckt. Schützend hatte sie ihren Bauch umschlungen, als fürchtete sie, sein bloßer Blick könnte ihr das ungeborene Kind aus dem Leib schneiden.

Was bin ich dir nur für eine Mutter ...

Mit dem Handrücken strich sie über ihr Gesicht, wo die Tränen eine schmutzige Spur hinterlassen hatten. Begleitet von gleichförmigem Singsang begann sie ihren Oberkörper vor und zurück zu wiegen. In ihrer Vorstellung hielt sie es im Arm, ein Kind aus Fleisch und Blut, es reckte die kleinen Arme, blickte sie an und sie küsste es und sang es in den Schlaf.

Hinter den Lidern, dort, wo es heller war als im verdreckten Kellerverlies unter den Ratsräumen des Schultheißen, erschien ein Augenpaar. Blau wie der Sommerhimmel über dem Wiedischen Land.

Hinter den Burggärten, am Rand des Kiefernwäldchens waren sie sich zum ersten Mal begegnet. Sie hatte ihn erst bemerkt, als der Waldboden unter den polierten Lederstiefeln geknackt hatte und diese neben ihren mit Stofffetzen umwickelten Füßen zum Stehen gekommen waren. Auf der Erde hatte sie gekniet, zwischen den Farnbüschen, ein mutterloses Fuchsjunges im Arm, und die Bisswunde an der Flanke mit einer Tinktur aus Kamillenblüten ausgewaschen.

Du bist nicht wie die Mädchen aus der Stadt, hatte er gesagt und sie angelächelt. Noch nie hatte einer sie so angesehen – und seine Art mit ihr zu sprechen unterschied sich von allem, was sie bisher kannte. Ein halbes Dutzend Mal hatten sie sich getroffen, im Schutz der

Kiefern und der Nacht. Dann musste er fort. Zurück zur Burg Altwied, mehr hatte er ihr nicht erzählt. Seiner Kleidung nach war er ein Adliger, deshalb meinte er es sicher nicht ernst mit dem Kräutermädchen aus dem Wald. Dennoch hatte sie sein Versprechen zurückzukehren angenommen wie ein Geschenk; das kostbarste, das sie jemals besessen hatte.

Jemand, der seinen Namen nicht preisgeben wollte, sah die Enkelin der alten Kräuter-Lina aus dem Wald laufen in jener Neumondnacht, nach der man die beiden Kälber vom Hofgut tot im Stall gefunden hatte. Mit seltsam verrenkten Gliedern und Schaum vor den Mäulern. Mehr war vorerst nicht nötig gewesen; eine Bemerkung an der richtigen Stelle hatte genügt, das Mädchen abzuholen und ins Verlies zu werfen.

Schon bald hatten sie das Mal an ihrem linken Oberschenkel entdeckt. Es war lachhaft; sie hatte selbst beobachtet, aus nächster Nähe, wie sich unter dem Druck die Nadel in den Schaft zurückgezogen hatte, noch bevor sie ihre Haut berührt hatte. Der Scharfrichter, ein Mann mit pockennarbigem Gesicht und einem Mund voller fauler Zähne, hatte wie im Triumph die Hand mit der Nadel in die Luft gereckt. *Hexenmale bluten nicht!*, hatte er gerufen und sie wie ein Tier mit einem Tritt in die äußerste Ecke getrieben. Sein Grinsen würde sie verfolgen so lange sie atmete. Beifällig genickt hatten die Schöffen, der Schultheiß sich zufrieden zurückgelehnt. Das Resultat der Probe war nicht anders erwartet worden, nun fehlte nur noch das Geständnis. *Gesteh!*, hatte der Schultheiß geblafft, selbstgefällig am gestärkten Kragen seines Amtsmantels gezupft und hinzugefügt, dass das Gericht Methoden kenne, die ein solches Bekenntnis leichter über die Lippen fließen lassen.

Das Knarren der sich öffnenden Tür riss sie aus ihrer Gedankenflut.

Raus mit dir, Teufelsweib! Die Stimme des zahnlosen Wärters duldete keinen Widerspruch. Er zog den Strick so fest zusammen, dass er ihr in die Handgelenke schnitt. Dann stieß er sie hinaus ins Freie. Der letzte Rest ihrer Würde blieb zurück im Verlies.

Die Erde war ein Morast aus zertrampeltem Schnee, zerfurcht von den Rädern der Holzkarren, die Tag für Tag die Gasse entlang rumpelten. Vorbeikommende blieben stehen, starrten sie an. Ein Stein flog, verfehlte um Haaresbreite ihre linke Schulter. Sie senkte den Kopf. Wie eine Wilde oder Wahnsinnige musste sie wirken, mit ihrem kurzgeschorenen Haar und den zusammengekniffenen Augen, die sich nicht an das Tageslicht gewöhnen wollten.

Den Blick zu Boden gerichtet, in der törichten Hoffnung, unsichtbar zu sein, wenn sie nur fest genug daran glaubte, grub sie ihre Füße in die schlammige Erde. Sie ahnte, dass dies ihr letzter Gang zum Turm war.

Gegen Mittag sprach der Schultheiß das Urteil: Schuldig der Hexerei und Tötung von mindestens zwei Stück Vieh, außerdem der Teufelsbuhlschaft. Als beweisführend galten ihr Auftauchen in unmittelbarer Nähe der Viehställe des Einödhofes in jener Neumondnacht, das nicht blutende Hexenmal sowie der ungeborene Dämon in ihrem Leib.

Schwarzer Rauch hing über der Stadt, als ein junger Blondschopf von gehobenem Stand wenige Stunden später durch das Burgtor trat. Sein Ross führte er am Zügel neben sich her. Die Schuhe, die zusammengeschnürt am Sattelknauf baumelten, waren aus weichem, hellbraunem Leder und noch ungetragen. Nie wieder sollte sie barfuß durch den Winter laufen müssen.

Ungewöhnlich viele Dorfbewohner bevölkerten an jenem Nachmittag die Gassen. Gaffend und palavernd schoben sie sich über einen großen offenen Platz, in dessen Mitte ein Scheiterhaufen brannte.

Er verabscheute den Hexenwahn im Land, weshalb er dem von Rauch und glühenden Funken eingehüllten und auf Erlösung wartenden Geschöpf nur einen flüchtigen Blick schenkte. Für einen Augenblick glaubte er, in dem rußgeschwärzten Gesicht sein Kräutermädchen zu erkennen. Doch sogleich schüttelte er den Kopf über sich selbst und setzte seinen Weg fort.

Dass sein Blick aufgefangen und mitgenommen wurde in die Ewigkeit, würde er nie erfahren.

Wolfsaugen

(Grafschaft Sayn, Anno Domini 1660)

Er schlug sie im Pferch oder in den Ställen, tötete sie mit einem Biss in die Kehle und zerrte sie hinaus, über die zugeschneiten Wiesen in den Wald, der seine Heimat war.

Der Winter wollte in jenem Jahr kein Ende nehmen, die Dorfleute in der Grafschaft froren und hungerten und auch der Wolf fand in den Wäldern um die Fischweiher nichts, womit er seinen Magen hätte füllen können.

Niemand hatte ihn bisher zu Gesicht bekommen. Dennoch waren sich die Bewohner des kleinen Dorfes im Brexbachtal der Bedrohung bewusst, die von ihm ausging. In jeder beliebigen Nacht konnte er zurückkehren. Wenn sein Hunger groß genug war, wagte er sich vielleicht sogar am Tag ins Dorf.

„Drei Schafe innerhalb der letzten beiden Wochen!"

Der Stuhl scharrte über die Holzdielen, als der Bürgermeister aufsprang, ohne ihn zuvor zurückgeschoben zu haben. Zustimmendes Murmeln erfüllte den Raum.

„Es ist nur eine Frage der Zeit, wann er einen von uns anfällt!"

Einigen Männern stand die Angst ins Gesicht geschrieben, anderen funkelte die blanke Wut in den Augen.

„Wir müssen ihn jagen!", rief Caspar, gerade zwanzig geworden, der Jüngste von den fünf Söhnen des Sayner Bürgermeisters, ein Aufschneider und Wichtigtuer, schmächtig von Statur, ein Makel, den er bei jeder sich bietenden Gelegenheit durch sein Mundwerk wettzumachen suchte.

„Wer weiß, wie lange der Winter noch dauert! So lange der Wolf im Wald nichts zu fressen findet, macht er sich in unseren Ställen satt. Lasst uns Jagd auf ihn machen! Eine Falle bauen, eine richtige Wolfsfalle!"

Sie hätte nicht lauschen sollen. Der Plan der Männer wäre ihr verborgen geblieben und sie hätte sich nicht den Kopf zermartern müssen über etwas, das ihr in diesem Moment unlösbar schien.

Johanna lief ins Freie. Über den vereisten Weg stakste sie an der Ölmühle vorbei und dann, in ihren Gedanken verloren, hinüber zur Abtei.

Er war doch nur ein hungriges Tier, das seinem Trieb folgte. Es gab genug Schafe und Ziegen im Dorf und im Frühjahr würden sie ohnehin alle wieder Junge bekommen. Dachte denn keiner wie sie, fühlte sich niemand den Waldtieren ebenso zugetan? Ob es daran lag, dass die Leute sie eine Verrückte oder Zurückgebliebene nannten, weil sie erst mit fünf Jahren angefangen hatte zu sprechen, recht klein war für ihr Alter und manchmal eine Weile brauchte, um die Dinge zu begreifen? Johanna würde nie dahinterkommen, auch wenn sie jeden Tag zu spüren bekam, dass sie anders war.

Vor dem kleinen, rundbogigen Torbau auf der Mitte der Brücke blieb sie stehen, um Atem zu schöpfen. Die Hände auf der gemauerten Brüstung, warf sie einen Blick hinunter in den strömenden Brexbach, der auch im Winter nie vollständig zufror.

„Geh langsam, wo's vereist ist!“, predigte der Vater jeden Tag. Albert war der Einzige, der sich um sie sorgte. Seine Frau war verblutet, gleich nachdem der blau angelaufene Körper des Kindes in die Hände der Hebamme geglitten war. Er hatte Johanna allein aufgezogen, hatte versucht ihr die Mutter zu ersetzen, so gut er es konnte, und sie schon als kleines Mädchen zur Kirche mitgenommen, wo er seine Arbeit als Küster tat. Still hatte sie neben ihm gestanden, mit großen Augen, und beobachtet, wie er nach den Messen die liturgischen Gefäße säuberte, Patene und Kelch an ihren Platz in der gemauerten Nische neben dem Chorraum brachte oder wie er die Glocke im Turm läutete, eine Viertelstunde vor Beginn des Hochamts und nachdem jemand gestorben war.

Am liebsten jedoch mochte sie es, wenn er den Schrein aus vergoldetem Kupferblech polierte, in dem die Chorherren der Abtei die Armreliquie des Apostels Simon aufbewahrten, die einst ein Bischof aus Köln dem Konvent vermacht hatte. Manchmal erlaubte Albert ihr, vorsichtig über die wie Löwenklauen geformten Füße zu streichen, die den Schrein trugen oder über die Flügel der Engel auf den Giebeln der Stirnseiten, die glänzten, wenn man lange genug mit dem Polierlappen darüberrieb.

„Sie wollen ihn jagen! Sie machen ihn tot!“ Außer Atem schlug sie die Tür zur Sakristei hinter sich zu. Albert wandte sich zu ihr um.

„Von wem sprichst du?“ Er trat einen Schritt auf seine Tochter zu, die mit erhitztem Gesicht und zerzausten Zöpfen an der Tür lehnte.

„Vom Wolf! Sie werden eine Falle für ihn bauen. Caspar will es so!“

Sein Name blieb ihr beinah im Hals stecken. Caspar, das Großmaul. Nie hatte er ihr irgendeine Art von Beachtung geschenkt, deshalb verstand sie nicht, warum er sich neuerdings dazu herabließ, das Wort an sie zu richten. *Vielleicht wird ja doch was Brauchbares aus dir*, hatte er ihr neulich zugerufen, als sie mit der gefüllten Milchkanne an ihm vorbei musste. Die anderen um ihn herum waren in boshaftes Gelächter ausgebrochen, als seine Hand daraufhin im Vorübergehen wie zufällig die weichen Rundungen ihrer Brüste gestreift hatte, die sich seit kurzer Zeit unter ihrem Kleid abzeichneten. Sie erinnerte sich, dass sie die Zähne zusammengebissen und sich gewünscht hatte, unsichtbar für ihn zu werden, damit er sie gehen ließe.

Die Stimme des Vaters unterbrach ihre Gedanken. „Ach, der Caspar …“, sagte er leise.

Er beugte sich zu seiner Tochter herunter, bis er sich mit ihr auf einer Augenhöhe befand.

„Sieh mal, Johanna, eine Falle ist das Einzige, womit wir verhindern können, dass ihm noch mehr Tiere zum Opfer fallen. Der Wolf reißt eine Ziege nach der anderen. Du weißt, dass wir sie brauchen, gerade jetzt, wenn die Felder keine Ernte bringen. Wie sollen wir ohne ihr Fleisch und die Milch durch den Winter kommen?“

Zornesfunken blitzten in Johannas Augen.

„Aber er ist ein Geschöpf Gottes, das hast du selbst gesagt. Geschöpfe Gottes müssen wir schützen!“

„Der Wolf ist ein Mörder, Johanna. Er tötet! Nicht nur Schafe und Ziegen. Er kann jederzeit auch Menschen töten. Mich. Oder dich …“ Er schloss Johanna in die Arme. „Du bist doch alles was mir geblieben ist, mein kleines Mädchen. Ich will keine Angst um dich haben müssen.“

Johanna schluckte ihre Wut schwer wie einen Bissen hartes Brot. Sie spürte, wie eine unsichtbare Hand ihr das Lächeln auf die Lippen legte, das der Vater sehen wollte. Ohne ein Wort öffnete sie die Tür. Ihre Schritte hallten unterm Deckengewölbe wider, als sie durch den Mittelgang der Kirche ins Freie lief. Draußen blieb sie einen Moment stehen. Ihre Augen brannten und blinzelten in die gläserne Helligkeit des Nachmittags. Dann fasste sie einen Entschluss.

Sie, Johanna, war die Einzige, die es gut mit ihm meinte. Er war eines von Gottes Geschöpfen, deshalb wäre es eine Sünde, ihn nicht zu beschützen.

Mitten in der Nacht schreckte sie auf. Bisweilen war ihr Schlaf leicht, sodass das leiseste Geräusch sie zu wecken vermochte. Halb aufgerichtet horchte sie in die Dunkelheit. Der Vater auf der Pritsche an der gegenüberliegenden Wand gab regelmäßige, von leisen Pfeiftönen begleitete Atemzüge von sich, sonst war alles ruhig. Johanna gähnte, legte sich nieder und wickelte sich in das kratzige Wolllaken. Kaum hatte sie die Augen geschlossen, als ein Geräusch von draußen sie ein zweites Mal aufschreckte. Wieder setzte sie sich auf, den Blick aufs Fenster gerichtet. Das Mondlicht warf eine schmale weiße Linie auf den Holzfußboden. Es gab nur noch einen Fensterladen, vielleicht hatte der Vater ihn vorm Zubettgehen nicht sorgfältig eingehakt und nun schlug der Wind ihn gegen die Hauswand. Lautlos glitt Johanna von ihrer Matratze. Wie eine Blinde tastete sie sich mit ausgestreckten Armen zur Tür, schlüpfte dort in ihre Holzschuhe, die sie nur im Winter trug, und schlich so leise sie konnte aus dem Haus.

Frostig schlug ihr die Nachtluft entgegen, der festgetretene Schnee auf dem Weg fühlte sich glatt und rutschig an unter ihren Füßen. Die Kälte biss ihr in die Haut, die ungeschützt war unter dem dünnen Leinenhemd. Johanna schlang die Arme um den Oberkörper, während sie um das Haus herum zur rückwärtigen Seite tappte, an die sich der überdachte Lagerplatz fürs Feuerholz duckte. Mit zittrigen Fingern tastete sie nach dem Eisenriegel am Fensterladen, doch er war fest in der Halterung eingehakt.

Sie spürte seine Nähe, noch bevor sie sich zu ihm umwandte. Zwei gelbe Punkte, leuchtend in der Dunkelheit wie glimmende Holzstückchen, nur ein paar Schritte von ihr entfernt. Im milchigen Mondlicht erkannte sie undeutlich die Konturen seines Körpers, den aufgerichteten Kopf, seinen Rücken, die Vorderläufe im Schnee. Unverwandt starrten seine Augen in Johannas Richtung und sie konnte nicht anders, als seinen Blick zu erwidern. Als seien sie mit einem Bann belegt, standen sie einander stumm gegenüber, den eigenen Blick verschmolzen mit dem des anderen. Was gäbe sie dafür, ihm näher kommen zu dürfen! Einen Schritt nur. Der verharschte Schnee knirschte unter den Holzsohlen. Ein kehliges Knurren ließ sie in der Bewegung stocken.

„Ich tu dir nichts“, flüsterte sie, hielt seinem Blick stand, bewegte sich jedoch nicht weiter. Das Knurren verstummte.

„Geh …“ Ihre Stimme klang sanft und weich. „Sonst machen sie dich tot.“

Wieder kreuzten sich ihre Blicke. Könnte sie doch über das Fell hinter seinen Ohren streichen und ihm damit zeigen, dass er vor ihr nichts zu befürchten hatte. Nur zwei Armlängen lagen noch zwischen ihnen.

„Johanna, rühr dich nicht von der Stelle!“ Die Stimme ihres Vaters, gedämpft, angespannt und unmissverständlich zugleich. Aus dem Augenwinkel erkannte Johanna, dass er mit langsamen, aber zielgerichteten Bewegungen nach einem Knüppel vom Holzstapel griff.

„Er wird dir nichts tun“, sagte sie und meinte sie beide. Mit einem Mal lag ein feines Zittern in ihrer Stimme. So lange sie mit dem Wolf allein gewesen war, hatte sie die Kälte vergessen, sich geborgen gefühlt und auf eigenartige Weise behütet. Jetzt aber umgab sie eine unheilvolle Mischung aus Angst und Unsicherheit, etwas Bedrohliches, das auch der Wolf witterte. Sein Blick wanderte. Er hob den Kopf, stellte die Ohren auf und stieß ein heiseres Fauchen aus. Johanna bemerkte, dass ihr Vater den Knüppel mit beiden Händen fest umschlossen hielt, bereit zum Zuschlagen. Fest blickte sie in die Wolfsaugen. *Lauf*, formten ihre Lippen. Als habe er ihre Gedanken aufgenommen, wandte sich der Wolf um und verschwand kurz darauf fast geräuschlos in der Nacht.

Dumpf schlug der Knüppel auf die gefrorene Erde. Albert sank neben seiner Tochter auf die Knie. Er schloss sie in die Arme.

„Dir ist kalt, Papa, du zitterst." Sie rieb die Wange an den bebenden Schultern ihres Vaters. „Johanna, mein Mädchen …" Er vergrub sein Gesicht in ihrem Haar. Seiner Tochter die Gefahr begreiflich zu machen, in der sie sich beide befunden hatten, war sinnlos. Sie besaß ein eigenes Verständnis für das, was ihr geschah, eine Wahrnehmung, die niemand imstande war nachzuvollziehen, auch er nicht. So lange er lebte, würde er alles tun müssen, um jede Gefahr, die sie nicht abschätzen konnte, von ihr fernzuhalten.

Am folgenden Morgen wusste jeder, dass er in der Nacht im Dorf gewesen war, die Fährte im Schnee verriet ihn. Bis zum Küsterhaus war er gelaufen und von dort zurück in den Wald, ohne eins der Tiere gerissen zu haben.

Noch am selben Tag begannen die Männer mit dem Bau der Wolfsfalle. Johanna sah sie mit fünf Fuß hohen Pfählen, Stricken und Werkzeugen auf die verschneiten Wiesen vor der Ringmauer ziehen. Eins der älteren Schafe sollte später, an einen Pfahl in der Mitte der kreisrund angelegten Falle gebunden, den Wolf anlocken.

Er kehrte zurück, bevor die Falle fertig gebaut war, in einer Neumondnacht, und riss die einzige Ziege des Hammerschmieds. Die blutige Spur zog sich vom Stall bis hinaus in den Wald. Es hieß, Caspar, der zufällig aufgewacht sei, habe den Wolf mit einer Heugabel angegriffen und dabei seine rechte Flanke verletzt. Hinkend sei die Bestie davongelaufen, ohne jedoch die Ziege herzugeben. Die meisten wollten die Geschichte glauben; ein geschwächtes Raubtier schien ihnen weniger gefährlich. Die Zweifler allerdings taten es als

Geschwätz ab, schließlich gehöre eine gewaltige Portion Mut dazu, einem ausgehungerten Wolf allein in der Nacht mit einer Heugabel gegenüberzutreten und so viel Schneid trauten sie dem Caspar allesamt nicht zu.

Johanna begann sich um ihren grauen Freund zu sorgen. Als sie ihren Vater am Abend dabei beobachtete, wie er für die Frau des Korbflechters, die an einem eiternden Geschwür litt, einen Krug Simonswasser abfüllte, loderte ein Gedanke in ihr auf.

Sie hatte es oft genug beobachtet. Man musste einen der faustgroßen, bauchigen Steingutkrüge aus dem obersten Regal in der Sakristei nehmen und mit der dafür vorgesehenen Kelle vorsichtig das Simonswasser aus dem Brunnen hinter der Abtei hineingießen. Den kleinen Korken drückte Johanna fest in den Hals des Kruges, so wie ihr Vater es machte, wenn die Dorfleute zu ihm kamen und um das Wunderwasser baten. Sie holten es, wenn es ihnen schlecht ging, wenn Wunden nicht heilen oder Fieber nicht weichen wollte, wenn Säuglinge missgebildet zur Welt kamen und Augen zu erblinden drohten. Manchmal kamen auch Leute von weiter her, Pilger oder Schwerkranke auf der Suche nach Heilung. Johanna sah sie betend vor der Altarfigur des Heiligen knien und wenn sie gingen, trugen sie die Krüge mit dem Wasser aus dem Simonsbrunnen wie ein Zeichen der Hoffnung in den Händen.

Johanna arbeitete leise und flink. Den gefüllten Krug mit der Rechten an die Brust unter dem Mantel gepresst, eilte sie hinauf zum Wald, den Wolfsspuren folgend.

Die Wälder und Schluchten des Brexbachtales ängstigten sie nicht. Schon als kleines Mädchen hatte ihr Vater sie mit hierher genommen, ihr gezeigt, wo die guten Pilze wuchsen, Stockschwämmchen, die sich in dichten Büscheln auf Baumstümpfen fanden oder Sommersteinpilze in der Nähe von Eichen und Buchen. Sie brieten sie am Abend mit einem Klecks Butter und gewürfelten Zwiebeln, wenn sie welche hatten, und würzten sie mit Kräutern aus dem Gärtchen hinterm Haus.

An jenem Tag jedoch wuchsen keine Pilze im Wald. Stattdessen ruhten Bäume, Dickicht und Beerenhecken seit vielen Wochen unter einer dichten Schneedecke. Wie eine weiße, fast unberührte Ebene wirkten Weg und Wiesen, die nicht mehr voneinander zu unterscheiden waren. Nur vereinzelt zeichneten sich Spuren darin ab, vom Förster, von hungrigem Wild auf der Suche nach Futter und auch die Fährte des Wolfes. Johanna versuchte, in den Spuren des Försters zu gehen, stellte aber fest, dass die Abstände für ihre Schritte zu lang waren. Die Wolfsspuren eigneten sich dagegen hervorragend. Vorsichtig einen Fuß vor den anderen in den tiefen Schnee setzend, folgte sie seiner Fährte, die schließlich an einem dornigen Gestrüpp endete.

Nachdenklich blickte Johanna sich um. Sie legte den Kopf in den Nacken. Der Wind pfiff in den Spitzen der Fichten, die leicht wie Federn hin und her wankten. Irgendwo knackte es im Unterholz, eine Amsel flog auf, Schneestaub tanzte glitzernd in der Luft. Im Tal rauschte der Brexbach, gedämpft drang sein Gurgeln bis zu ihr herauf. Johanna trat von einem Fuß auf den anderen, um sich Wärme zu verschaffen, an der Nasenspitze bildete sich ein Tropfen, den sie mit dem Ärmel abwischte. Dann entdeckte sie ihn.

Er stand am Rand der Lichtung, als habe er auf sie gewartet, mit aufgerichteten Schultern und gespitzten Ohren. Sein Blick folgte ihren Bewegungen, während sie sich in seine Nähe hockte. Er ließ sie nah an sich herankommen. Mit den Augen suchte sie nach der Verletzung an seiner Flanke, fand jedoch nichts. Ihr Herz hämmerte, als ihr bewusst wurde, wie nah sie ihm war. Sie bemerkte ein paar Schneeflocken auf seinem grauen Rücken und dass sein Fell an Bauch und Läufen heller war als am übrigen Körper. Seine Augen standen dicht beieinander, zwischen ihnen zeichnete sich ein dunkler Fleck in Form einer Raute ab. Sie bekam nicht genug davon, ihn zu betrachten, aber irgendwann erinnerte sie sich daran, warum sie gekommen war. Ohne den Wolf aus den Augen zu lassen, stellte sie den mitgebrachten Krug auf den verschneiten Waldboden.

„Hat Caspar gelogen?“, fragte sie leise. „Bist du gar nicht verletzt?“

Unschlüssig warf sie einen Blick auf den Krug mit dem Wunderwasser.

„Es schadet gewiss nicht, wenn du's trotzdem trinkst.“

Sie zog den Korkverschluss ab und schob den Krug ein Stück von sich fort, in die Nähe des Wolfes. Johanna hielt den Atem an, als er die Schnauze vorreckte und Witterung aufnahm. Doch schon bald verlor er das Interesse und ließ sich auf der Erde nieder, den Kopf wachsam aufgerichtet. Johanna seufzte. Sie hatte nicht darüber nachgedacht, dass sie ein Gefäß brauchen würde, in das sie das Wasser gießen konnte, um es ihm zu geben. Entschlossen griff sie nach dem Krug. Das Simonswasser floss in ihre zu einer Mulde geformte Hand. Keinen Gedanken verschwendete sie an die Gefahr, die die Nähe zu einem wilden, hungrigen Tier mit sich brachte. Sie sah ein Wesen vor sich, ausgehungert und einsam, das gemieden und gejagt wurde und deshalb besonderen Schutz verdiente.

Die Wolfsschnauze näherte sich, schnupperte an Johannas Hand, wich zurück, kam wieder heran und begann von vorne, wieder und wieder, bis endlich die Zungenspitze den ersten Schluck kostete. Sein Atem strich über ihre Haut und die Enden seiner Schnurrhaare berührten beim Trinken ihre Fingerspitzen. Alles fühlte sich weich an und warm, ein Strom aus Glück und Aufregung pulsierte in ihren Adern. Ihre Beine wurden weich wie Haferbrei und sie blieben es noch, als sie die Lichtung längst verlassen hatte.

Beim Dickicht am Waldrand entdeckte sie Fußabdrücke im Schnee, die vorhin nicht dort gewesen waren. Oder hatte sie nur nicht darauf geachtet? Im gleichen Augenblick hörte sie eine Stimme hinter sich.

„Johanna, ganz allein im Wald?“

Sie fuhr herum. Caspar. Mit Hut und fellgefütterter Jacke, breitbeinig im tiefen Schnee stehend. Seine Augen blitzten Johanna an.

„Weiß dein Papa, dass du dich hier herumtreibst?“

Johanna senkte den Kopf und machte einen Schritt an ihm vorbei. Unsichtbar sein, ein törichter Wunsch, der niemals in Erfüllung ging, wie sehr sie sich auch danach sehnte. Grob griff Caspar nach ihrem Arm.

„He, nicht so schnell“, fuhr er sie an, „was hast du da?“ Mit einer Kopfbewegung deutete er auf den Krug.

„Das geht dich nichts an“, murmelte Johanna. Sie hatte gehört, dass die Leute das sagten, wenn sie keine Antwort geben und ihre Ruhe haben wollten. Bei Caspar schien es nicht zu wirken. Er setzte ein abschätziges Grinsen auf.

„Hast du keine Angst vorm Wolf? Mutige Johanna!“

„Keine so große wie du …“, gab sie zurück und wand sich aus seinem Griff, der ihr weh tat. Sie setzte einen Fuß nach vorn, verfehlte die Wolfsspur und stand gleich darauf bis zu den Knien im tiefen Schnee.

„Was meinst du damit?“, blaffte Caspar sie an. Im Nu war er wieder neben ihr.

„Ich meine damit, dass du gelogen hast! Du hast überall herumerzählt, dass du ihn angegriffen hast, damit alle glauben, du seiest mutig, dabei fehlt ihm gar nichts!“

Caspars Gesicht lief zornesrot an, seine Augen funkelten. Eine Weile starrte er sie wortlos an.

„Ach, und woher weißt du das?“, fragte er dann. „Ist er dir begegnet?“ Johanna drehte den Kopf zur Seite und presste die Lippen aufeinander.

„Denkst du, es wird dem Albert gefallen, wenn er erfährt, dass seine Tochter allein im Wald herumläuft?“, fragte er nach einer Weile.

Johanna zuckte zusammen. „Wirst du’s ihm erzählen?“

„Kommt drauf an.“ Mit einem Mal wich die Schärfe aus seiner Stimme.

„Worauf?“ Johanna wagte nicht sich zu bewegen. Die Art, wie er sie ansah und der Unterton in seiner Stimme gefielen ihr nicht, aber sie hielt still.

„Darauf, wie du dich anstellst.“

Was meinte er damit? Sein Gesicht näherte sich dem ihren – er war kaum größer als sie –, sodass sie erschrocken zurückwich. So nah war ihr noch nie ein fremder Mensch gekommen. Sie erkannte den erbärmlichen Flaum auf seiner Oberlippe und eine kleine weiße Narbe auf seiner Nasenwurzel. Wieder griff er nach ihr, dieses Mal packte er ihr Handgelenk. Der Krug fiel in den Schnee, lautlos, wie auf ein weiches Kissen, und versank darin.

„Du tust mir weh!“, rief sie und versuchte, seine Hand abzuschütteln. Er zerrte sie aus dem Tiefschnee ein paar Schritte in den Wald hinein, hinter die Hecke aus Holunderbüschen. Wie ein Kind an der Hand eines Erwachsenen, mit dem es nicht Schritt halten kann, stolperte sie hinter ihm her. Dann spürte sie den rissigen Stamm einer Kiefer im Rücken, die Unebenheiten der Rinde, die sich durch ihren dünnen Mantel bohrten und Caspars Linke, die grob ihren Mund verschloss. Seine freie Hand zerrte an ihrem Kleid. Gewaltsam schob sie sich unter das wollene Wams, das sie darunter trug. Im nächsten Augenblick krallten sich seine Finger ins weiche Fleisch ihrer Brüste.

Die Kälte kroch ihr über den Körper und unter die Haut. Sie wollte schreien, um sich schlagen, weglaufen, aber die Kraft, mit der Caspar sie gegen den Stamm presste, lähmte sie. Sie verstand nicht, was er mit ihr machte, spürte nur seine Finger überall auf ihrem Körper und sein Knie, das sich grob zwischen ihre Schenkel drückte. Roh gruben seine Nägel sich in ihre Haut, durchdrangen sie und zerkratzten ihre Seele. Sein Atem klang wie der eines gehetzten Tieres, er brachte Laute hervor, die sie nie bei einem Menschen gehört hatte.

Plötzlich ließ Caspar ab von ihr, die Augen weit aufgerissen. Sein Gesicht war mit einem Mal kalkweiß. Sie sah, wie er rückwärts taumelte, über eine Baumwurzel stolperte und das Gleichgewicht verlor. Dann stürzte er in den Schnee. Der Schrei, der bis dahin stumm in ihrer Kehle gesessen hatte, brach aus ihr heraus. Wie ein Vogel, der zu lange eingesperrt war und nun mit ausgebreiteten Flügeln in die Freiheit entflieht, stob er durch die Lücken der Bäume hindurch, hinauf in den fahlen Winterhimmel.

Reglos stand Johanna da, zitternd vor Kälte und Angst, außerstande, einen klaren Gedanken zu fassen. Aus dem Augenwinkel bemerkte sie Caspars schmerzverzerrte Züge, den Mund, eine kreisförmige dunkle Öffnung in dem bleichen Gesicht, und seine Hand, die er auf die Wade drückte, wo aus dem zerfetzten Hosenstoff eine dunkelrote Spur in den Schnee sickerte. Sein Blick irrte umher.

„Wag' es nicht, es einem zu erzählen!", presste er zwischen den Zähnen hervor, richtete sich auf und schleppte sich davon. Hinter ihm, nur wenige Schritte von ihr entfernt, entdeckte Johanna den Wolf, die Schnauze hechelnd geöffnet, mit spitzen blutverschmierten Fangzähnen. Sie fing seinen Blick auf, der voller Ruhe war und sich auf sie übertrug; ein Gefährte, in dessen Schutz sie sich vollkommen sicher fühlte. Johanna löste sich aus ihrer Starre. Schritt für Schritt näherte sie sich dem Wolf. Er ließ zu, dass sie neben ihm auf die Knie sank, behutsam über das Fell hinter seinen Ohren strich und mit den Fingerspitzen die Raute zwischen den Augen berührte.

„Danke, grauer Freund." Ein Flüstern, ein Lächeln, ein Blick in die gelben Wolfsaugen. Dann erhob sie sich und ging in seinen Spuren, die auch ihre geworden waren, nach Hause.

Drei Tage später verbreitete sich die Kunde im Dorf, der Wolf sei in die Falle gegangen. Die Männer zogen, bewaffnet mit Knüppeln, Heugabeln und Beilen, zum Steintor hinaus. Johanna blickte ihnen hinterher, die Verzweiflung beim Anblick all der Gerätschaften schnürte ihr die Kehle zu.

Sie sah Caspar, der als einziger Mann der Familie nicht mit auf die Wolfsjagd gegangen war, in der Kälte vor der Haustür stehen. Mit leerem Blick starrte er zum Wald hinauf. Unter seinem Hosenbein wölbte sich ein dicker Verband und man hatte ihm eine Schiene angelegt, um das Bein ruhig zu stellen. Flüchtig regte sich ein Anflug von Mitleid in Johanna. Doch gleich darauf spuckte Caspar vor ihr aus und zischte: „Jetzt ist er dran, Miststück!"

Johanna schwieg, blickte zu Boden und setzte ihren Weg fort. Niemand hatte Caspars Geschichte angezweifelt, die Fleischwunde in seinem Bein war Beweis genug. Der Wolf, erzählte er im Dorf herum, habe die kleine Küstertochter angreifen wollen und er, Caspar, habe Schlimmeres verhindert, weil er sich ihm wagemutig in den Weg gestellt habe. Trotz der Wunde, die ihm beim Kampf zugefügt wurde, sei es ihm gelungen, die Bestie zu vertreiben und Johanna zu retten. Über Nacht war Caspar ein Held geworden.

Es dauerte bis zum späten Nachmittag, ehe die Männer zurückkehrten. Johanna war nicht die einzige, die ihnen entgegenlief. Viele Frauen, Kinder und Alte hatten die vergangenen Stunden in der Abteikirche verbracht, wo sie zusammen mit dem Abt um einen glücklichen Ausgang der Jagd gebetet hatten. Jetzt scharten sie sich vor dem Bürgermeisterhaus um die zurückgekehrten Wolfsjäger. Johanna, der man nur einen Platz in der hinteren Reihe ließ, musste sich anstrengen, um zu verstehen, was gesprochen wurde. Erst nach einer Weile drang zu ihr durch, dass der Wolf zwar in die Falle gegangen sei, von dort aber, keiner wusste zu sagen, wie es geschehen war, Richtung Stromberg entkam, bevor man ihn töten konnte.

Das Gemurmel um sich herum nahm Johanna nicht lange wahr, es versickerte in einem mild wabernden Nebel, der alles ausschloss, was ihr weh tat oder sie ängstigte. Sie wandte sich um, ein Lächeln im Gesicht, still und für niemanden erklärbar, und ging davon.

Als sie auf dem kalten Steinfußboden kniete, eingehüllt in den Rauch der Opferlichter, dankte sie dem Heiligen Simon so inbrünstig, wie sie es noch nie getan hatte.

Ein Stück vom Himmel

(Ehrenbreitstein, Anno Domini 1776)

Line fürchtete den Anbruch der Nacht, weil mit der Dunkelheit auch die Schatten kamen. Wie ein träge wirkendes Gift krochen sie ins Innere ihrer Augen, wo sie sich verdichteten und ihren Blick trübten, lautlos und ohne Schmerz.

Der Medicus aus Coblenz, vom Vater mit einem kleinen Vermögen entlohnt, hatte alles in seiner Macht stehende versucht, aber rasch festgestellt, dass die Krankheit schon zu weit fortgeschritten war. Auch die in mühseliger Prozedur Tag für Tag auf Lines Lider gestrichenen Tinkturen aus Augentrost und Ebereschenbeeren vermochten den Sehverlust der ältesten Tochter des Hofmalers Zick nicht aufzuhalten.

Immer häufiger schloss Line auch am Tag die Augen. Den verbliebenen Rest ihrer Sehkraft aufwenden zu müssen, um in den diffusen Konturen und den verblassenden Farben ihrer Umgebung die Wirklichkeit zu erkennen, strengte an und machte sie müde. Irgendwann hatte sie damit angefangen, sich eine neue, eine eigene Welt zu erschaffen, und darüber gestaunt, wie leicht es ihr fiel. Sie tat es im Stillen, unbemerkt, hinter den geschlossenen Lidern. Kein Schatten trübte die Farben, die sie dort sah, kein Blinzeln war nötig, um zu erkennen, was Erinnerung und Vorstellungsvermögen in ihrer inneren Welt erschufen. Alles dort war klar, bunt und deutlich umrissen.

Ein Lufthauch kühlte ihre Stirn, berührte die Brauen, die Wimpern, die Augenlider, behutsam wie eine Fingerspitze, die über eine zerbrechliche Oberfläche streicht. Wie Benedikts Fingerspitze.

Ich komme zurück.

Ein Flüstern, so nah an ihrer Wange, dass sie seinen Atem auf der Haut spürte.

Versprichst du's? Versprechen muss man halten, antwortete sie und biss sich auf die Lippen, als sie merkte, wie es anfing, in den Augen zu brennen. Hier, am Fuß des Kreuzbergs, an dessen Hängen die Reben in der Sonne reiften, trafen sie sich jeden Freitagabend. Es war ihr gemeinsamer Platz, mit niemand anderem war sie seither wieder hierhergekommen. Ein fast kreisrunder Baumstumpf bot ausreichend Platz für sie beide, doch sie saßen dichter beieinander, als es notwendig gewesen wäre.

Ich warte auf dich, sagte Line leise; auch dies ein Versprechen, wieder spürte sie seine Fingerspitzen.

Irgendwann zieht es einen Künstler hinaus in die Welt!

Lines Vater wusste, wovon er sprach. Aufmunternd klopfte er Benedikt am nächsten Morgen auf die Schulter und zählte dabei die Länder auf, die er selbst vor vielen Jahren als junger Maler bereist hatte. Die Abschiedsworte, die er seinem Schüler mit auf den Weg gab und der Reisesegen der Mutter hallten in Lines Ohren wie ein unheilvolles Echo nach. Von all dem wollte sie nichts hören. Benedikt sollte bleiben. Hier bleiben. Bei ihr.

Sardinien. Eine Insel so weit fort wie der Mond. Benedikts Finger hatte ein unregelmäßiges Oval mit zerklüfteten Rändern in den Staub gemalt. *Sie schwimmt wie ein Floß im Ozean*, hatte er erklärt, dabei winzige Wellenlinien um das Oval herum gezeichnet und Line dabei geholfen, die Umrisse zu ertasten.

Er war so mutig! Ein Stück Land mitten im Meer, weit fort von der Heimat, und er hatte keine Angst, es zu betreten. Woher wusste er all diese Dinge, die in Lines Ohren fremd und unbegreiflich klangen?

Vom sardischen Blau hatte sie nie etwas gehört.

Eine Farbe, die man nirgends sonst auf der Welt findet! Benedikts Stimme überschlug sich fast. Heftig gestikulierend war er vor ihr her gegangen, zwischen den Rebstöcken hindurch, hatte sich hier und da eine erntereife Traube in den Mund geschoben und sich beim Sprechen immer wieder zu Line herumgedreht. Sein Eifer sprang nicht auf sie über; es blieb Line nichts weiter, als ihm stumm zu folgen.

Dann saßen sie nebeneinander auf ihrem Baumstumpf, hoch über dem Rheintal. Die Abgeschiedenheit der Weinberge und die Sonne, die ihre Gesichter wärmte, schufen einen Kokon, in dem der bevorstehende Abschied keinen Zutritt hatte. Eine kleine geschützte Welt, die keine Erklärungen brauchte und unberührt war von der Zeit, die sie ohne einander sein würden.

Line wusste, dass dieser Nachmittag mit Benedikt der letzte vor seiner Abreise war und obwohl die Einzelheiten der Umgebung von einem milchweißen Nebel verschluckt wurden, versuchte sie, jeden Augenblick in ein Stück Erinnerung zu verwandeln, das ihr in der Zeit seiner Abwesenheit helfen würde, die Schatten auszuhalten.

Nie hatte sie darüber nachgedacht, dass der Himmel in anderen Teilen der Welt anders blau sein könnte als in ihrer Heimat.

Mit eigenen Augen will ich es sehen, rief Benedikt immer wieder, es war wie ein Fieber, eine Leidenschaft, die sich eingräbt ins Herz, und die einen, sobald sie einen ergriffen hat, nicht mehr loslässt. Er erzählte ihr von Färbemitteln wie Ultramarin, Kobalt oder Azurit, aus denen er das sardische Blau mischen wollte, um den Himmel und das Meer in allen erdenklichen Schattierungen auf Leinwände zu bannen.

Ach, könnte ich es dir doch zeigen … In seiner Stimme zerbrach der Klang der gerade noch versprühten Begeisterung. Er nahm ihre Hand. Ihre Finger verschränkten sich miteinander, als seien sie zum Gebet gefaltet.

Sie waren gut darin, den gleichen Gedanken zu denken, ohne dass einer von beiden ihn aussprechen musste. Für die Sorge, unter den Schatten irgendwann nur noch unklares, konturloses Grau wahrnehmen zu können, wollte Line keine Worte finden. Eine Reise, wie Benedikt sie vor sich hatte, würde lange dauern, vielleicht mehrere Jahre und wenn ihr Augenlicht bei seiner Rückkehr vollständig erloschen wäre, würde sie die Begeisterung, mit der er über das sardische Blau sprach, nie verstehen können.

Die Weinlese ging vorüber und bald pfiff ein kalter, einsamer Wind um den Baumstumpf beim Weinberg, aber Line hielt ihr Versprechen. Sie hörte nicht auf zu warten.

Als die Trauben erneut zu reifen begannen, trug eines Tages der Vater, nachdem er von seiner Arbeit im kurfürstlichen Schloss zu Coblenz in das Giebelhaus am Dorfmarktplatz zurückgekehrt war, ein in ein wollenes Tuch eingeschlagenes und mit festem Strick umschnürtes flaches Paket in die Stube. Ein Kurier hatte es im Schloss abgeliefert, wo es dem Hofmaler ausgehändigt wurde, da es an seine Tochter adressiert war. Die ganze Familie versammelte sich um den großen Tisch und die jüngsten Geschwister hüpften vor Ungeduld von einem Bein aufs andere. Line hörte, wie eine Klinge die Kordel zerschnitt und das Tuch auseinandergeschlagen wurde.

Noch einmal sehen können wie früher, flehte sie im Stillen, *nur dieses eine Mal!*

Doch so sehr sie es auch wollte, im Dämmerlicht der Stube behielten die Schatten die Macht.

Dann hörte sie die Stimme des Vaters. *Er hat es für dich gemalt.*

Tastend erkannte Line, dass es sich um ein viereckiges, auf einen Holzrahmen gespanntes Stück Leinwand handelte, etwa eine Elle lang und ebenso breit, ein wenig unhandlich außerdem, was sie feststellte, als sie es an sich nahm und es sich unter den Arm klemmte. Die Fingerknöchel, die den unteren Bildrand umklammerten, traten weiß hervor, während sie mit großen Schritten ins Freie trat. Die Abendsonne berührte ihr Gesicht, ein wunderbares Mittel gegen die Schatten.

Benedikts Bild fest unter ihrem Arm begann sie zu laufen, vorbei an der Kapuzinerkirche und weiter bis zum Fuß des Kreuzbergs. Es war ein milder Abend, die Sonne färbte den Rhein weit unten im Tal silbern und in der Luft lag der Geruch von frisch gemähtem Gras. Line kannte den Weg. Mühelos fand sie den Baumstumpf. Das Bild passte genau. Sie legte die Handflächen auf die Leinwand, schloss die Augen und versuchte, ruhiger zu atmen.

Ihre Fingerkuppen glitten über das Gemälde, ertasteten die Pinselstriche und erkannten Benedikts unverwechselbare Art, die Farbe dick wie Paste aufzutragen. In ihrer inneren Welt begann Line zu sehen, was ihre Finger fühlten.

Als sich ihre Lider hoben, öffnete sich vor jedem Auge ein kreisrundes Sehfeld, nicht größer als eine Kirsche, umgeben von breiten, dunklen Rändern. Wieder lag der verhasste Schatten über dem wenig Verbliebenen, innerhalb dieser Flecken Erkennbaren. Senkte sie den Kopf weit genug nach unten, traten Farben und Konturen deutlicher hervor. So tastete sie, tief über das Bild gebeugt, mit den Blicken jeden Zoll der Leinwand ab. Es dauerte lange, dann aber fügten sich die Einzelheiten zu einem Sinn gebenden Ganzen zusammen.

Eine sich aus dem Meer auftürmende Welle in strahlendem Türkis mit einem Rücken aus weißem Meerschaum. Darüber kuppelförmig der Himmel, dessen Blau an die Farbe von Kornblumen erinnerte. In feinem kristallenem Dunst verschmolzen helle und dunklere Schattierungen miteinander und schufen einen Rausch aus Blautönen, aus dem Line am liebsten nie wieder aufgetaucht wäre.

An einer Unregelmäßigkeit in der rechten unteren Ecke blieb ihr Blick hängen. Das Blau wurde dort unterbrochen von kleinen, schwarzen Pinselstrichen.

Worte. Geschrieben in Benedikts eigentümlich staksiger Handschrift, bei der die Buchstaben immer leicht nach der linken Seite kippten.

Ein Stück vom Himmel für Line!

Line richtete sich auf, straffte die Schultern, wartete, bis Benedikts Schöpfung in ihrer inneren Welt Gestalt annahm. Seine Farben waren wie ein Sog, in den sie sich fallen ließ. Sardisches Blau, wohin sie blickte!

Er hatte es entdeckt, mit ihr geteilt und nun stand sie hier, an ihrem gemeinsamen Platz über dem Rheintal mit geschlossenen Augen und verstand ihn. Sie warf den Kopf zurück. Weit über ihr wölbte sich der Himmel und sie lächelte, weil sie spürte, dass ein Teil davon in diesem einen Augenblick ihr allein gehörte.

Das Geheimnis der Hainbuche

(Dierdorf, Anno Domini 1795)

Magdalena

Die ersten Fröste hatten das gefallene Laub in knisterndes Pergament verwandelt, die Erde darunter war hart. Hart wie der Stamm der Hainbuche, in dessen Rinde Magdalena ihre Hände krallte, vornüber gebeugt, ins fahle Licht des Mondes getaucht, ein Schatten im Schatten. Sie keuchte, zitterte, fror und schwitzte zugleich, ihr Oberkörper hob und senkte sich in einem fort.

Es war draußen. Aus ihr herausgeglitten, in einer Welle aus Blut und Wasser und Schmerz, lag es nun still und bewegungslos zwischen ihren Füßen im Dreck. Ihre größtc Angst, sein Schreien könne sie verraten, war umsonst gewesen. Kein Laut drang aus seiner Kehle. Weinten Neugeborene nicht, sobald sie den Leib der Mutter verlassen haben?

Sie schüttelte den Kopf. *Warum wartest du auf seinen Schrei?* Dutzende Male hatte sie sich solche Gedanken verboten, welcher Teufel gab sie ihr jetzt ein? Ungeduldig wischte Magdalena sich über die Augen, versuchte ruhig zu atmen und hockte sich dann langsam nieder. Dabei vermied sie es, die Füße zu bewegen, so, als habe sie Angst, es mit einer unbedachten Bewegung zu treten.

Sieh es nicht an! Sobald du es angesehen hast, wird dich sein Anblick dein Leben lang verfolgen. Ob ein kleiner Körper einen solchen Sturz auf die Erde überleben konnte? Ein weiterer Gedanke, den sie sich nicht gestattete, weil er etwas nach sich zog, was sie vermeiden musste. Sie zwang sich, ihren Blick abzuwenden, nicht ihrem Verlangen nachzugeben, die Arme auszustrecken, um es vom Griff der eisigen Nacht zu erlösen und an ihre Brust zu drücken. Ihre Rechte suchte in der Rocktasche nach dem kleinen Messer. Niemand hatte bemerkt, dass sie es eingesteckt hatte, niemand vermisste es. Die

Schlossküche besaß so viel Besteck und Geschirr, wie sollte das Fehlen eines einzelnen Küchenmessers da auffallen?

Ihre Finger krallten sich um den Schaft; kühl und fest lag er in ihrer Hand. Sie wusste, dass in der Schnur Blut pochte und auch darauf war sie vorbereitet. Zitternde Finger tasteten nach dem Stückchen Kordel, das sich ebenfalls in ihrer Tasche befand. Dass sie weinte, spürte sie erst, nachdem sie die Kordel fest um die pulsierende Schnur verknotet hatte und die Klinge ansetzte. Der Schnitt war ein Zeichen der Endgültigkeit, er würde sie für immer von dem Wesen trennen, das sie unbemerkt in ihrem Leib getragen hatte und das nun nackt und reglos im gefrorenen Laub lag, verdeckt vom weiten Rock seiner Mutter, die selbst noch ein halbes Kind war.

Sie streifte den Rocksaum nach oben über ihre Knie. Dicht an ihrem eigenen Körper setzte sie die Klinge an, unterhalb der abgebundenen Stelle. Sie brauchte mehrere Versuche. Es war schwieriger, als sie es sich vorgestellt hatte, ihre Waden verkrampften sich, doch dann fiel die Schnur mit einem dumpfen Aufprall neben dem kleinen Körper auf die Erde. Ohne es zu wollen streifte ihre Hand seine Haut. Sie zuckte zurück, als habe sie sich verbrannt. *Rühr es nicht an! Willst du zeitlebens daran erinnert werden, wie es sich anfühlte?*

Magdalena legte den Kopf in den Nacken, biss sich auf die Lippen und zwang sich, die auftauchenden Bilder und das, was sie mitbrachten, auszublenden. Durch die blattlosen Äste der Hainbuche blickte sie in den Himmel, wie sie es im vergangenen Frühjahr unzählige Male getan hatte. In eine schwarz-samtene Decke hatte er sich damals verwandelt und die ihn schmückenden Silberpunkte trugen seither Namen, die sie vorher nie gehört hatte.

Langsam erhob sie sich. Ihre Knie zitterten und die Füße fühlten sich taub an, vom langen Kauern in der gleichen Haltung und von der Kälte, die durch die dünnen Sohlen ihrer Schuhe drang. Sie trat einen Schritt zur Seite, darauf achtend, es dabei nicht zu berühren. Einen Moment lauschte sie in die Dunkelheit. War da nicht ein Geräusch gewesen, wie das Knacken von Schritten auf gefrorener Erde? Sie horchte, wagte nicht, sich zu bewegen. Das Blut rauschte in ihren Ohren. Vielleicht ein Tier? Es gab eine Menge Katzen in der Stadt, die nachts im Schlossgarten umherstreunten. Nach einem weiteren Augenblick, in dem alles still blieb, tastete Magdalena sich hinüber zur Weißdornhecke, die den kleinen Garten von der übrigen Parkanlage auf der rückwärtigen Seite des Schlosses abtrennte. Man hatte die mannshohe Hecke einer Spirale gleich angelegt, wie ein Schneckenhaus wand sie sich nach innen und in ihrer Mitte öffnete sich ein kleiner verborgener Garten, von dessen Existenz nur wenige wussten.

Im Gestrüpp der Hecke fand Magdalena, wonach sie gesucht hatte. Erleichtert atmete sie auf. Keiner der Hofgärtner hatte den Spaten entdeckt, den sie dort seit einiger Zeit versteckt hielt.

Sie hatte geahnt, dass das Graben ihr einige Mühe bereiten würde, den Frost jedoch nicht eingeplant, der dem Land in diesem Jahr früher als üblich zusetzte.

Unter der Hainbuche sollte es liegen, dort und nirgendwo sonst war sein Platz. Immer wieder hackte sie das Schaufelblatt in die Erde, mit kalten Händen und feuchten, an den Schläfen klebenden Haarsträhnen. Sie versuchte nicht an die Schwäche zu denken, die ihren Körper lähmte, nicht an das warme, klumpige Blut zwischen ihren Beinen und nicht an den heftiger werdenden Schmerz im Unterleib. Sie musste dies tun. Sie brauchte die Anstellung in der fürstlichen Residenz, wer sonst sollte die Mutter ernähren, die kleinen Geschwister? Ihre Familie war angewiesen auf die monatliche Entlohnung, die Fürst Carl Ludwig und Fürstin Karoline, die Herrschaften zu Wied Runkel, ihr zahlten und auch auf die Brot- und Gemüsereste, die in der Schlossküche manchmal übrig blieben und die sie der Mutter von Zeit zu Zeit nach Hause bringen durfte.

Wann gibt die Erde endlich nach ... wie tief muss die Grube sein ... wie lange werde ich brauchen ... ob jemand vor dem nächsten Frühling hierher kommen und die Veränderung im Erdreich bemerken wird ... Laub ... wenn ich genug Laub darüber verteile, könnte alles unbemerkt bleiben ... wie die Monate zuvor ... auf Kindsmord steht der Tod ... niemand darf jemals etwas erfahren ... Fürstin Karoline wird mir auf der Stelle kündigen ... Mutter mich verstoßen ... man wird mich ins Arresthaus stecken ... mich öffentlich denunzieren ... Schweigen ... ewiges Schweigen muss darüber wachsen ... vielleicht liegt es am Wurzelwerk, der Baum ist uralt, hat schon hier gestanden, bevor man den Schlossgarten angelegt hatte ... ob es lebt ... warum nur hat meine Welt den Glanz verloren, die Sterne, das Lachen, Mihály ...

„Hör auf damit!“

Eine Stimme, die plötzlich aus dem Nichts zu kommen schien, zerschnitt ihre Gedankenfetzen. Magdalena zuckte zusammen, ein erstickter Schrei entfuhr ihrer Kehle.

„Therese!“

Im selben Augenblick fiel der Spaten zur Erde. Magdalena schlang beide Arme um den Bauch, in dem der Teufel seinen unheilvollen Tanz begonnen hatte. Sie sank auf die Knie, krümmte sich vor Schmerzen und brach in haltloses Schluchzen aus.

Therese fragte nicht, sagte nichts. Aus halb geöffneten Lidern sah Magdalena, wie sie sich hinunterbeugte, das Kind in ihre Arme nahm, es mit ihrem Mantel bedeckte und forteilte. Sie verschmolz mit der Nacht, ein Traum, der im Augenblick des Aufwachens verblasst und keine Einzelheiten zurücklässt.

Therese

Bis auf einen schmalen Spalt zog Therese die Tür hinter sich zu, ein kleiner Holzkeil würde sie daran hindern, ins Schloss zu fallen. Sie trat ins Freie, wo die Nacht sie mit eisiger Kälte umfing. Ihre Zähne schlugen aufeinander, der Wind pfiff durch den dünnen Mantel wie durch ein Stück Zeitungspapier. Beide Arme um den Oberkörper geschlungen, versuchte sie, sich möglichst ohne einen Laut vorwärts zu bewegen, was nicht gelang; es kam ihr vor, als könne allein ihr Atem die halbe Stadt aufwecken. Die alten Bäume im Schlossgarten boten ihr Schutz und den mit Efeu bewachsenen Laubengang nutzte sie zum Innehalten und Atemschöpfen. Zwei Stunden waren vergangen, seit Magdalena aus der Kammer geschlichen war, kurz nachdem die Glocke des Uhrturmes zur Mitternacht geschlagen hatte.

An Schlaf war nicht zu denken gewesen. Therese hatte Stunde um Stunde auf der schmalen, mit Stroh gestopften Matratze gekauert und ängstlich beobachtet, wie Magdalena sich mit unterdrücktem Stöhnen und Schluchzen neben ihr hin und her gewälzt hatte. Seit sie zu Bett gegangen waren, hatte das Wimmern kein Ende gefunden. Ein Streifen Mondlicht war durch das winzige Fenster in die enge Kammer am Ende des Gesindeflures gefallen und hatte ein langgezogenes Viereck auf den Fußboden gemalt. Im Lichtschein hatte Therese den gewölbten Leib ihrer Freundin unter der fadenscheinigen Decke zucken gesehen und die Unruhe bemerkt, die Magdalena schließlich von der Schlafstatt getrieben hatte. Mit schaukelndem Oberkörper hatte sie vor der Bettkante gekniet, den Kopf auf die Unterarme gestützt. Bei jeder Welle, die ihren Leib überrollte, zuerst in unregelmäßigen, dann in immer kürzeren Abständen, hatte sie in die Ärmel ihres Nachthemdes gebissen.

Therese warf einen raschen Blick über die Schulter. Unscharf zeichneten sich hinter ihr die Umrisse des Schlosses gegen den Nachthimmel ab, ein großer rechteckiger Bau mit zwei wuchtigen Ecktürmen, umgeben von einem Wassergraben. Hinter keinem der zahlreichen, in drei Reihen übereinander angebrachten Fenstern brannte mehr Licht. Therese wusste, dass es sie ihre Stellung und ihren Ruf kosten konnte, wenn jemand sie beobachtete und an die Herrschaften verriet. Ein Dienstmädchen hatte in der Nacht draußen nichts zu suchen.

Sie erreichte die Lindenallee, die den Schlosspark mit dem Lustgarten verband, und obwohl es beinahe unmöglich war, dass jemand sie hier vom Schloss aus entdecken konnte, hielt sie sich geduckt im Schutz der wie Wachposten in einer Reihe stehenden, alten Bäume. Ihr Herz pochte, als sie endlich die Weißdornhecke erreichte. Weißdornschnecke nannte Magdalena sie, weil die Hecke sich in vielen Windungen wie ein Schneckenhaus nach innen wand und dort auf einen kleinen verborgenen Garten stieß.

Sie hatten nicht viel über den Augenblick der Niederkunft gesprochen, es fehlte ihnen beiden an Erfahrung. Um den wachsenden Leibumfang vor den Augen der übrigen Bediensteten und denen der

Herrschaften zu verbergen, hatte Magdalena Therese irgendwann gebeten, ihr morgens die Taille mit Leibbinden zu schnüren, die sie in einem unbeobachteten Moment aus der Schublade des Wäscheschrankes in ihre Schürzentasche hatte verschwinden lassen. Sie wussten beide, was sie wagten. Magdalena wäre nicht das erste Dienstmädchen, dem man die Anstellung gekündigt hätte, weil es unverheiratet war und sich dennoch hatte ein Kind machen lassen. Mädchen wie sie entehrten die Familie und fanden nie einen Mann, der eine rechtschaffene Frau aus ihnen machte. Um Mitwisser und Helfer stand es nicht besser.

Therese schüttelte den Gedanken ab, schürte er doch nur die Angst, die wie Schlamm an ihr klebte. Sie konzentrierte sich auf die Windungen der Weißdornhecke.

Nachts war sie noch nie hier draußen gewesen. Alles wirkte anders als bei Tag, die Geräusche der Nachttiere und die Stille lasteten fremd und unwirklich in den Baumkronen. Sträucher und Gebüsch verwandelten sich in schemenhafte Gestalten, die ihre dürren Glieder undeutlich in die Dunkelheit reckten. Hier und da knackte es im Gestrüpp, was Therese jedes Mal zusammenzucken ließ. Ihre linke Hand hielt den Mantel über der Brust zusammen, die andere tastete sich an der Hecke entlang. Zu schnell ging ihr Atem, ihre Lungen schmerzten vom Einatmen der kalten Luft.

Immer enger wurden die Heckenbiegungen, bis schließlich die Krone der Hainbuche vor ihr aufragte.

Es war ein unüberlegter Entschluss gewesen, Magdalena zu folgen. Die Freundin hatte die Kammer mit unterdrücktem Stöhnen und ohne ein Wort verlassen, keine Silbe darüber verloren, wohin sie ging. Therese wusste, dass sie das Kind nicht in der Dachkammer zur Welt bringen wollte, wo die Wände dünn und die Flure hellhörig waren und sie deshalb schon früh nach einem geeigneteren Ort gesucht hatte, dort, wo niemand sie hören und beobachten konnte. Sie hoffte inständig, dass sie sich nicht geirrt hatte und sie Magdalena bei der Hainbuche finden würde. Es war ein bedeutsamer Ort für sie. Nur Therese wusste, dass Magdalena und der Junge mit dem eigenartigen Namen sich im vergangenen Frühjahr hier Nacht für Nacht getroffen hatten, verborgen vor den Augen aller, die ihr kleines Glück nicht gutgeheißen hätten.

Die Stiche in der Brust ließen nach. Ihr Atem beruhigte sich.

Nie hatte Magdalena darüber gesprochen, was mit dem Kind werden solle, wenn es erst auf der Welt war. Ihre Gedanken schienen nur bis zum Tag der Niederkunft zu reichen, als könne sie jeden weiteren Tag, jede weitere Entscheidung durch das Verdrängen aus ihrer Vorstellung bannen.

Ein langgezogener, sogleich ersterbender Schrei durchbrach die Stille. Therese erschrak. Bis in die Schläfen spürte sie ihren Herzschlag hämmern. Nur wenige Schritte noch, dann trat sie in den kleinen Garten. Therese war nie hier gewesen, sie kannte ihn und die mächtige Hainbuche, die älter war als das Schloss und wie ein Wächter ihre blattlosen, knorrigen Äste ausbreitete, nur aus Magdalenas Erzählungen.

„Mihály sagt, sie ist ein Zauberbaum, sie beschützt uns. Wenn wir ihren Stamm umarmen, Mihály von der einen, ich von der anderen Seite, dann können wir uns an den Händen fassen, wir halten den Stamm und der Stamm hält uns und seine Kraft geht auf uns über. Wenn wir die Rinde berühren, werden auch wir stark. Mihály sagt, wenn uns jemals etwas trennen sollte, wird die Buche uns immer wieder zusammenführen. Sie ist die Hüterin unserer Liebe!"

Solcherlei hatte Therese häufig zu hören bekommen, morgens, wenn Magdalena mit erhitzten Wangen und taufeuchtem Haar in die gemeinsame Kammer geschlichen kam, kurz bevor es hell wurde. Im Dämmerschlaf hörte Therese zu, nicht wissend, ob sie die Freundin beneiden, sich mit ihr freuen oder sie bedauern sollte. Die Hausierer vom fahrenden Volk waren nicht beliebt in der Stadt, sie waren als Heiden und Zechpreller verschrien, stellten den Frauen nach, brachten Krankheiten und Ungeziefer unters Volk und nicht selten wurden sie aus der Stadt getrieben. Wie konnte Magdalena ihre Liebe an so einen verschwenden?

Unwirklich wie ein Wesen aus einer anderen Welt, verloren in einem Schmerz, von dem niemand imstande war, sie zu erlösen, hob sich die wie besessen wirkende Gestalt Magdalenas neben der Buche von der Dunkelheit ab. Stumm formten Thereses Lippen den Namen der Freundin. Was um Himmels Willen tat sie dort? Auf der Suche nach einer Antwort irrte Thereses Blick umher. Es dauerte eine Weile, bis sie das Geschehen erfasste, die wilden Bewegungen, mit denen Magdalena, den Spaten in beiden Händen, versuchte, die frostige Erde aufzuhacken, ihr unterdrücktes, dennoch hörbares Schluchzen, zwei Schritte neben ihr das reglose Wesen am Fuß der Hainbuche, nicht mehr als ein kleiner, heller Fleck, dann wieder das unheilvolle Geräusch des Schaufelblattes, und wieder das Kind. Es gehörte in ihre Arme, in eine Decke gewickelt, an die Brust, die ihm geben würde, was es brauchte, Wärme vor allem und die Nähe eines Menschen. Unaufhörlich hackte sich die Schaufel in die viel zu harte Erde. Therese spürte wie die Angst mit kalten Fingern nach ihr griff.

„Hör auf damit!"

Ihre Stimme klang wie die einer Fremden. Woher die Entschlossenheit in ihren Worten rührte, wusste sie nicht. Ruckartig hob Magdalena den Kopf, ihr Gesicht war tränenüberströmt, der Blick wirr und voller Angst. Die Schaufel glitt ihr aus den Händen, sie sank auf die Knie.

Therese eilte zu dem Kind, nahm es auf und barg den kalten Körper unter ihrem Mantel. Sie wusste nicht viel über Neugeborene, aber dass sie nicht auf der froststarren Erde zu liegen hatten, und keine Mutter ihr eigenes Kind lebendig begraben sollte, spürte sie, auch ohne dass man es ihr hätte sagen müssen. Das war eine Todsünde, mit der man gewiss größere Schuld auf sich lud als unverheiratet zu sein und sich ein Kind machen zu lassen. Plötzlich wusste sie, was sie zu tun hatte.

Ein letzter Blick streifte Magdalena, dann wandte Therese sich um und begann zu laufen. Heraus aus den Windungen der Weißdornhecke, durch die Lindenallee, am Rand des Schlossgartens entlang, vorbei an den Laubengängen, den Ligusterhecken an der Westseite des Schlosses und über die Brücke in die Stadt. Das Kind ruhte in ihrem Arm, geborgen unter dem Mantel, es wog fast nichts, ein kleiner Vogel, der aus dem Nest gefallen war. Ein paar Mal hatte es einen klagenden Laut hervorgebracht und dabei die winzigen Füßchen bewegt. Die Schnur hing noch an seinem Nabel, Therese spürte sie durch den Stoff ihres Kleides. Es war zu früh gekommen, Therese war sicher. Die Kinder ihrer Schwestern waren bei der Geburt kräftige Säuglinge mit durchdringenden Stimmen gewesen, anders als dies hier, das zu elend war zum Weinen und sich anfühlte, als sei es nur aus Haut und Knochen.

Als Therese in die Vordergasse einbog, schlug die Glocke auf dem Mittelturm zweimal. Außer dem Türmer Henrici, der über das Städtchen zu wachen hatte, um es frühzeitig vor feindlichen Angriffen, Feuer oder anderem Unbill zu warnen, war um die Zeit keine Seele mehr wach. Therese bewegte sich langsam und hielt sich nah an den Hauswänden. Mit wachen Augen spähte sie in die Finsternis, hier irgendwo musste das mit Schiefer verkleidete Haus stehen, nach dem sie suchte. Sie hatte schon einmal vor dieser Tür gestanden, vor einem Jahr, als die Mutter sie geschickt hatte, weil eine ihrer Schwestern mit dem ersten Kind in den Wehen gelegen hatte. „Lauf zur Agnes und bring sie mit heim, beeil dich!" Sie erinnerte sich, dass Agnes ihrer Schwester beim Niederkommen geholfen hatte und sich auskannte, als der Säugling nicht gleich atmen wollte. Wenn jemand wusste, was mit Magdalenas Kind zu tun sei, dann Agnes.

Mit zitternden Händen beugte sich Therese herab, um das Kind auf die Türschwelle zu legen. Seine Haut fühlte sich wärmer an als vorhin und seiner Kehle entstiegen kurze, heisere Laute, als es das Nest in Thereses Arm verlassen musste. Im blassen Licht des Mondes betrachtete sie es, wie es schwach mit den Ärmchen ruderte, ein wenig krächzte und wieder verstummte. Es war ein kleiner Junge, mit schwarzem Flaum auf dem von Blut und Schleim verklebten Köpfchen, heimatlos, ungewollt und dem Sterben näher als dem Leben.

Therese schluckte hart an ihren Tränen, zog den Mantel aus, den einzigen, den sie besaß, wickelte den Jungen hinein und legte ihn vor die Tür. Dann klopfte sie und duckte sich rasch in den Schatten der Hauswand. Als Licht hinter den Fenstern aufleuchtete und kurz darauf die Tür geöffnet wurde, schlich sie lautlos davon, beladen mit einer Schuld, die sie ihr Leben lang verfolgen würde.

Mihály

Klamm fühlten sich seine Hände an, obwohl sie in Handschuhen steckten. „Für den Winter“, hatte sie gesagt, „damit du nicht frierst“, und mit einem scheuen Lächeln hinzugefügt: „… und du etwas hast, das dich an mich erinnert.“

Wie sie an das Garn gekommen war und wann sie die Zeit gefunden hatte, es zu verstricken, hatte sie ihm nicht verraten. Es war ihr Geschenk für ihn, wie ein Schmuckstück hatte sie es ihm in einem stillen Augenblick in die geöffneten Hände gelegt.

Vorsichtig tastete er im dunstigen Mondlicht nach der Stelle, die er suchte. Zweige knackten. Den Durchschlupf in der Hecke wiederzufinden, war leichter gewesen, als er befürchtet hatte. Obwohl er den ganzen Sommer über nicht hier gewesen war und er in der Dunkelheit kaum die Hand vor Augen sah, hatte er nicht lange danach suchen müssen. In der Sippe war er bekannt dafür, im Dunkeln sehen zu können wie ein Nachtvogel. Wie man unbemerkt von draußen in den fürstlichen Garten gelangte, wusste nur er. Es war sein Geheimnis, seins und Magdalenas. Ihr hatte er es erzählt. Seiner Sonne. Die sein Leben nicht mehr wärmte, zu lange schon nicht mehr. Irgendwann hatte er aufgehört, die Tage ohne sie zu zählen, es waren zu viele geworden. Die Sehnsucht nach ihr zerriss ihm das Herz, der Sommer war kein Sommer gewesen ohne ihr Lachen, ohne das Glitzern in ihrem Blick, wenn sie ihn ansah, in diesen Augenblicken bevor er sie küsste. Wenn er ihr doch nur eine Nachricht zukommen lassen könnte, dass er zurück war, hier und heute auf sie wartete, in dem Garten, der ihr Geheimnis hütete.

Vor drei Tagen hatte er Dierdorf erreicht. Die Reise mit dem klapprigen Einspänner über die schlammigen, vom Herbstregen aufgeweichten Wege war beschwerlich gewesen. Schauer hatten ihn bis auf die Knochen durchnässt, Stürme an der löchrigen Plane gezerrt und nicht in jeder Nacht hatte er eine trockene Scheune zum Schlafen gefunden. Einen Verrückten hatten seine Brüder ihn genannt und ihn gefragt, ob er bereits vergessen habe, dass man ihn und seine Sippe im vergangenen Frühjahr zur Stadt hinausgejagt hatte. Wenn jemand ihn erkannte, würde er nicht wieder mit einem Rauswurf davonkommen. Diebstahl hatte man ihnen angehängt, wie so häufig. Es war üblich, die Zigeuner zu beschuldigen, sie anzuklagen, vor ihnen auszuspucken, sie zu den Stadttoren hinauszujagen. Man fragte nicht, sprach das Urteil und verhängte Strafen. Nicht einmal verabschieden hatte er sich können.

Mihály duckte sich. Mit einer geübten Bewegung zwängte er sich durch die für andere nicht erkennbare Öffnung in der Weißdornhecke. Was er hier tat, konnte ihn das Leben kosten; ein Gedanke, der ihn hätte ängstigen müssen. Doch der sehnliche Wunsch, Magdalena zu treffen, mitten in der frostig kalten Winternacht, so töricht er auch sein mochte, besaß eine Kraft, die stärker war als die Angst. Nichts hielt Mihály davon ab, an seine Erfüllung zu glauben.

Zwei Schritte später trat er ins Innere des geheimen Gartens. Er wirkte anders als in seiner Erinnerung. Vom Mond in einem milchigen Licht beschienen und ohne das dichte Blattwerk der Hainbuche erschien er Mihály verlassen und ohne Leben. Unter seinen Schuhen raschelte das abgeworfene Laub. Er legte die Handflächen an die Baumrinde, schloss die Augen und träumte sich zurück, so lange bis der Frühling sein Licht im Blätterdach verteilte, er das Gras unter den Fußsohlen spürte und Magdalenas Zungenspitze seine Lippen berührte.

Er öffnete die Augen. Wie Zugvögel im Herbst flogen die Bilder der Vergangenheit davon. Sein Blick glitt umher. Ob sie manchmal hierher kam, sich, so wie er jetzt, der Kraft der Hainbuche überließ? Ob sie ihn ebenso vermisste wie er sie?

Plötzlich stockte er. Seine Augen verengten sich zu schmalen Schlitzen. Nur eine Schrittlänge entfernt zeichnete sich im herabgefallenen Laub ein undeutlich begrenzter, dunkel gefärbter Bereich ab. Mihály näherte sich, hockte sich nieder. Das Mondlicht reichte nicht aus, um die rätselhafte dunkle Fläche erkennbar zu machen. Es sah aus wie Blut …, nein, nicht nur Blut, da war noch etwas anderes, Undefinierbares, ein verendetes Tier? Erschrocken wich er zurück. Bevor er weiter nach einer Antwort suchen konnte, unterbrach das Geräusch von herannahenden Schritten seine Gedanken. Er eilte zurück, duckte sich in das Schlupfloch in der Weißdornhecke und wagte kaum zu atmen.

Eine Gestalt, die den Garten von der gegenüberliegenden Seite aus betreten hatte, löste sich aus der Dunkelheit. Mihály erkannte eine Frau, ihren Bewegungen und ihrer Haltung nach zu urteilen, noch sehr jung. Sie trug ihr Haar zu zwei Zöpfen geflochten und ein einfaches langes Kleid, nichts darüber, keinen Mantel, fror sie nicht? Was tat sie dort, mitten in der Nacht? Mihály beobachtete, wie sie begann, mit beiden Händen herabgefallenes Laub aufzusammeln, um schließlich das Blut unter der Hainbuche damit zu bedecken. Sie verteilte es, scharrte es mit den Füßen glatt, betrachtete es, schien nicht zufrieden zu sein, ordnete es anders, beugte sich herunter und hielt plötzlich einen Stock, nein, einen Spaten in den Händen, um auch ihn zum Anhäufen der Blätter zu benutzen. Ihre Bewegungen waren fahrig, sie wirkte gehetzt und blickte sich immer wieder um, wie jemand, der sich vor ungebetenen Blicken fürchtete. Mihály hätte gern verstanden, was vor sich ging, aber die Fremde verrichtete ihre Handgriffe auf eine Weise, die wohl nur für sie selbst erklärbar war.

Eine Hoffnung flammte in Mihály auf, während er sie beobachtete und versuchte, die Zusammenhänge zu begreifen. War es möglich, dass auch sie im Schloss angestellt war und Magdalena kannte? Er vergaß das Blut unter der Hainbuche, zwängte sich aus seinem Versteck und wartete auf einen Augenblick, in dem die junge Frau ihr Tun unterbrach, um zu Atem zu kommen.

„Erschrick nicht! Bitte nicht …“ Er sprach leise, versuchte seinen Worten etwas Beruhigendes zu verleihen. Nicht mehr als eine Armlänge lag zwischen ihnen. Das Mädchen fuhr herum und schaute ihm geradewegs ins Gesicht. Sie stieß einen spitzen Schrei aus. Gleich darauf presste sie erschrocken eine Hand auf den Mund. Mihály sah, wie sie zurückwich und dabei den Spatengriff fester umfasste. Rasch hob er beide Arme in die Höhe.

„Hab keine Angst, ich tu dir nichts.“

„Geh!“ Ihre Augen funkelten ihn an und sie richtete den Spaten auf ihr Gegenüber.

„Hör mir zu, ich bitte dich!“ Mihály rührte sich nicht, noch immer reckte er die Arme nach oben, um ihr keine Angst mit einer plötzlichen Bewegung zu machen.

„Ich suche Magdalena. Sie ist als Kammermädchen im Schloss angestellt. Kennst du sie?“

„Und wenn ich sie kenne?“

„Dann bitte ich dich, ihr zu sagen, dass Mihály auf sie wartet.“

Im gleichen Moment, da er seinen Namen genannt hatte, ließ das Mädchen den Spaten sinken. „Du bist …?“

Für einen kurzen Augenblick sah sie ihn wortlos an, dann legte sie die Stirn in Falten. Wie spitze kleine Pfeile schossen die Worte aus ihrem Mund: „Wo zum Teufel bist du gewesen? Warum erzählst du ihr all die schönen Geschichten und verschwindest dann ohne ein Wort? Weißt du, was du ihr angetan hast? Wie sie gelitten hat? Sieh zu, dass du fortkommst, bevor ich dich anzeige, Eindringling! Du hast hier nichts verloren! Geh!“

Wieder richtete sie den Holzgriff auf Mihály, der einen Schritt zurückwich.

„Hör mir doch zu“, versuchte er es erneut, seine Arme sanken nach unten, „ich bitte dich noch einmal! Lass mich erklären, bitte!“

Das Mädchen schwieg, starrte ihn nur voller Feindseligkeit an.

„Ich habe Magdalena nicht aus freien Stücken verlassen“, begann Mihály, „das musst du mir glauben! Wer lebt freiwillig im Schatten, wenn er die Sonne kennt? Ich bin ein Heimatloser, ein Zigeuner, nirgends erwünscht. Man vertrieb uns aus eurer Stadt, weil es einfach ist, Diebstähle und Raub und den Ausbruch von Krankheiten denen anzuhängen, die man nicht haben will. Es ist nicht das erste Mal. Viele von uns kommen nicht mit dem Leben davon, so betrachtet hatte ich Glück. Aber glaub mir, es ist ein schales Glück, ohne Magdalena leben zu müssen. Im Winter zu reisen, birgt mehr Gefahren als im Sommer, aber ich hielt es nicht aus. Die Sehnsucht trieb mich. Dieser Garten … er war unser Geheimnis, die Hainbuche unsere Beschützerin, der Himmel unsere Decke. Wir wollten mit den Wolken fliegen, irgendwohin, wo niemand uns trennt. Sag mir, wie es ihr geht. Bitte …“

Schweigend hatte sie ihm zugehört. Seine Stimme klang nicht wie die eines Lügners. Es lag etwas Aufrichtiges darin, etwas, das ihn zu dem werden ließ, den sie aus Magdalenas Erzählungen kannte.

Als sei jede Kraft aus ihnen gewichen, sanken ihre Arme herab, der Spaten stieß ins Laub zu ihren Füßen. Sie erinnerte sich wieder an den Grund, warum sie hergekommen war, an die Angst der vergangenen Stunden, den Schmerz und die Einsamkeit, in der Magdalena ihr Kind zur Welt gebracht hatte. Sein Kind. Er trug die Schuld an allem. Sie trat einen Schritt zurück und betrachtete den Laubhaufen, der das Geheimnis dieser Nacht verbarg. Niemand durfte je davon erfahren. Sie musterte Mihály aus dem Augenwinkel. Es war besser, wenn auch er nichts davon wusste. Er würde nicht ewig in der Stadt bleiben können, irgendwann würde er weiterreisen müssen oder vielleicht würde er wieder fortgejagt werden und Magdalena nur noch als Erinnerung in seinem Herzen tragen.

„Wie es ihr geht, willst du wissen?“ Sie wandte sich zum Gehen. „Nicht gut, sie ist … sie ist krank. Sicher wird sie die nächsten Tage nicht aus dem Haus können.“

„Ich werde warten.“

„Wie lange?“

Sie drehte sich noch einmal zu ihm um.

„Lange.“

Entschlossenheit lag in seiner Stimme, in seinem Blick, in seiner ganzen Haltung. Gedämpft drangen fünf Glockenschläge vom Mittelturm zu ihnen herüber. In einer Stunde begann das Tagwerk für das Gesinde im Schloss. Sie seufzte auf. Den Spaten schob sie mit der letzten Kraft, die ihr geblieben war, tief ins Gestrüpp.

Mihály blickte ihr nach. „Sag es ihr. Bitte!“

Ohne sich noch einmal zu ihm umzudrehen, schleppte sie sich davon, müde, entkräftet und mit dem Gefühl, in der vergangenen Nacht ein halbes Leben gelebt zu haben.

Die Seitentür, durch die sie herausgeschlichen war, stand noch immer einen Spaltbreit offen. Im Dunkeln stahl sie sich hinein und so leise sie es vermochte die Treppe hinauf in den Gesindeflur. Noch war alles dunkel und ruhig.

Sacht trat sie in die Kammer. Ein Öllicht brannte. Mit angewinkelten Beinen und Blut verschmiertem Hemd lag Magdalena auf der Strohmatratze, den Blick starr ins Leere gerichtet. Therese setzte sich zu ihr, strich ihr das klebrige Haar aus dem Gesicht und rang mit sich. Sie hatte das Kind vor dem Tod gerettet, was konnte sie tun, um Magdalena zu retten?

Sie beugte sich zu ihr herunter, bis ihre Lippen dicht an ihrem Ohr waren.

„Er ist zurück, Magdalena. Er wartet auf dich.“

Drei goldene Münzen

(Engers, Anno Domini 1800)

Wir kamen zum Michaelitag in Engers an, mit einem milden Herbstwind, der das Laub von den Bäumen strich und die bunten Bänder am Wagen der Spielleute in flatternde Banner verwandelte. Auf Jahrmärkten wie diesem ließ sich Geld verdienen. Es war die Welt, in der ich mich zu bewegen wusste, nichts Fremdes, Dunkles, keine Bedrohungen fürchtete, weil ich in ihr aufgewachsen war und dort das Zuhause fand, das ich woanders nicht mehr hatte.

Unsere Ankunft erregte Aufsehen, wie üblich. Die Leute blieben stehen. Sie unterbrachen ihre Marktgeschäfte und warfen unseren beiden Musikanten neugierige Blicke zu, als diese ihre Schellentrommeln und ein Sammelsurium an Holzflöten aus dem Kasten nahmen. Sie lachten über ihre Scherze und johlten und klatschten, als die ersten Töne der Sopranflöte über den Markt trillerten.

Hier und da musterte jemand auch mich, die ich ein wenig abseits stand, in meinem verblichenen Kleid, das einmal bernsteinfarben gewesen war; doch sie bemerkten weder den eingerissenen Saum noch die andersfarbigen Flicken, die ich auf die verschlissenen Stellen genäht hatte, da ich all dies geschickt zu verstecken wusste.

Die Musik lenkte die Leute ab. Ich verschwand in der Menge, bevor jemand nach mir suchen konnte.

Wie andernorts mischte ich mich, als sei ich eine der ihren, unter die Jahrmarktsbesucher, einer Mischung aus den feinen Bürgern der Stadt, aufgeputzt wie zum Sonntagskirchgang, und jenen, denen ich mich verbundener fühlte, obwohl ich weniger besaß als die meisten von ihnen, nicht einmal eine Bleibe.

Heute würde ich Geld verdienen. Essen können. Wenn es gut lief, vielleicht sogar satt werden. An den Marktständen dufteten frisch gebackene Brote, es roch nach Griebenschmalz, gesalzenem Fisch, warmem Eierkäs und nach Biersuppe, wie man sie in dieser Gegend gern aß und die in den schweren eisernen Kesseln über offenem Feuer dampfte. Kaufleute handelten mit Werkzeugen, gebrannten Krügen, Körben, Gewürzen, Stoffen oder frei umherlaufenden Hühnern. Dazwischen brachten Komödianten und Stelzenläufer in Tierkostümen, Musikanten, Jongleure und Possenreißer die Leute zum Lachen und für kurze Zeit hätte man sich der Illusion hingeben können, das Leben bestünde aus nichts anderem als aus derlei Zeitvertreib.

Ich war geübt darin, hier einen Apfel und dort ein Stück Seife unbemerkt in meiner Rocktasche verschwinden zu lassen; meine Mutter wäre stolz auf mich gewesen. Die kleinen Fingerfertigkeiten hatte ich ihr zu verdanken, ich beherrschte sie von Kindheit an. Meine Mutter war früh gestorben, doch sie hatte mir hinterlassen, was ich zum Überleben brauchte. Vor allem lehrte sie mich die Handlinien anderer Menschen zu deuten. Ich lernte rasch, denn ich besaß die gleiche Gabe wie meine Mutter.

Beim ersten Gang über den Markt an jenem Tag fand ich schnell heraus, dass es keine zweite Handleserin gab, ein erfreulicher Umstand, den ich mir gleich zunutze machte. Die gut betuchten Engerser Bürger hatten offensichtliche Freude daran, mich einen Blick in ihre Hände werfen zu lassen. Sie lachten darüber und zahlten für die von mir ausgesprochenen Orakel, nicht wissend, dass ich ihnen die dunklen Dinge, die ich sah, gnädig verheimlichte. So klimperten nach einer Weile die ersten Münzen in meiner Rocktasche und ich zog los, meinen leeren Magen zu füllen.

„Du bist recht geschickt!“

Ich erschrak, versuchte jedoch, es mir nicht anmerken zu lassen. In Gedanken war ich weit fort gewesen, schon bei der Abendmahlzeit, denn ich hatte gut verdient, es würde für eine Suppe im Wirtshaus und einen Krug Bier reichen. Meine Hand krallte sich um die Seife in der rechten Rocktasche, den Apfel hatte ich zum Glück schon aufgegessen. Hatte jemand mich beim Stehlen beobachtet? Im Weitergehen warf ich einen flüchtigen Blick zur Seite.

Der Fremde, der mich angesprochen hatte, lohnte keinen zweiten Blick. Er war nicht größer als ich, trug ein verdrecktes, nach Schweiß stinkendes Hemd und verbarg sein unrasiertes Gesicht unter einem breitkrempigen Hut. Offensichtlich war er ein Umherziehender wie ich selbst. Wirkte auch ich so schäbig? Gewiss, mein Kleid hatte schon bessere Tage gesehen und besäße ich genügend Geld, hätte ich es längst einem Flickschneider gebracht. Dennoch wusch ich es, so oft sich die Gelegenheit bot.

„Hast du's nicht nötig, mir zu antworten?" Wieder riss mich seine Stimme aus meinen Gedanken.

Ich blieb ihm die Antwort schuldig. Stattdessen eilte ich mich, im Gedränge der Marktbesucher voranzukommen. Die Schlossschänke war nicht weit.

„Bisher warst du recht freundlich zu deinen Kunden, warum bist du's nicht zu mir?"

Nun blieb ich doch stehen. Was maßte dieser Kerl sich an, hatte er mich etwa den ganzen Tag beobachtet?

„Ich lese nicht umsonst aus Händen", erwiderte ich schroff und hoffte, dass es wie die beabsichtigte Abfuhr klang.

„Wer behauptet, dass du es umsonst tun sollst?"

Ich legte die Stirn in Falten, während ich seine jämmerliche Erscheinung musterte.

„Du kannst bezahlen?"

Er grinste breit, dabei entblößte er zwei unvollständige Zahnreihen. „Ich bezahle dich so gut, dass du die Äpfel und die Seife demnächst anständig erwerben kannst."

Ich riss die Augen auf und hätte nicht sagen können, was mich fassungsloser machte: dass er mich beim Stehlen beobachtet hatte oder der Goldgulden, den er plötzlich in der flachen Hand hielt.

Es gefiel mir nicht, dass er nicht aufhörte zu grinsen, es verlieh ihm etwas Überhebliches.

„Genügt das?"

„Den hast du gewiss nicht mit ehrlicher Arbeit verdient", raunte ich ihm zu und setzte meinen Weg fort.

„Ich hab ihn mit dem verdient, was ich am besten kann. Das machst du doch auch, oder nicht?“

Seine Stimme blieb hinter mir zurück. Ich schnaubte. Das konnte doch nicht wahr sein, er hatte mich wirklich beobachtet! Wie sonst könnte er all das über mich wissen?

Für einen Moment dachte ich nur an den Gulden in seiner Hand. Im Grunde sollten mir all seine Bemerkungen und die Umstände, unter denen er ihn erworben hatte, einerlei sein. Die Münze würde mir gehören, sobald ich seine Handlinien gedeutet hatte. Es schien so einfach. Ein Geschäft wie alle anderen. Außer, dass ich dabei ein wenig mehr verdienen würde.

Ich wusste, dass ein goldener Gulden den gleichen Wert hatte wie zwei Reichstaler, was dem Tagesverdienst eines Meisters entsprach. Ein Vermögen für ein Mädchen wie mich, schnell verdientes Geld, das mir, außer einigen warmen Mahlzeiten im Wirtshaus, vielleicht endlich ermöglichen würde, mein altes, schäbiges Kleid flicken zu lassen oder gar durch ein neues zu ersetzen.

In meiner Brust kribbelte es. Das Herz schlug mir bis in die Schläfen. Ich drehte mich um. Er stand noch immer dort, seine Finger zu einer Faust um die Münze geschlossen. Nach drei Schritten war ich wieder bei ihm.

„Also gut. Ich lese aus deiner Hand und bekomme den Goldgulden dafür.“

Er nickte und ging mir voran, einen Steinwurf weit, in den Schutz einer Mauer, wo es ruhiger war. Dort hielt er mir seine Hand entgegen, die Innenfläche nach oben gekehrt.

„Was siehst du?“

Er zählte zu jenen, denen man keine Beachtung schenkt, obwohl sie nicht kleiner oder unscheinbarer von Gestalt oder aufgrund ihrer Kleidung unauffälliger sind als andere. Vielleicht lag es an der Art, wie er sich bewegte, geschmeidig wie eine Katze durch die Menge strich, dabei weder jemanden anrempelte noch beiseite drängte. Inmitten der Marktstände, des Gewimmels und der in der Luft wa-

bernden Gerüche wurde er einer der ihren und doch grenzte er sich von ihnen ab, da keiner seine Anwesenheit wahrnahm.

Alles, was um ihn herum geschah, erfasste er nie so wie die anderen es taten, stets waren es nur seine Augen und die Nase, die ihm ein Bild von der Welt vermittelten. Es war wie bei einem der neuartigen Theaterstückchen, die auf dem Holzpodest vor dem Schloss aufgeführt wurden. Sein Blick folgte den Bewegungen der ungelenken Papierfiguren, er sah die Zuschauer johlen und applaudieren und er schrie mit, obwohl er den Grund nicht kannte. Er gehörte nicht dazu, fühlte sich als Sonderling, weil ihm fehlte, was andere hatten.

Ringsumher sah er sie lachen, rufen, miteinander sprechen, heftig an den Ständen gestikulieren, wo sie vermutlich um die Preise feilschten. Er bemerkte den rothaarigen Bengel, der sich eine Ohrfeige einfing, weil er zwei Eier aus dem Korb stibitzt hatte und beim Davonlaufen eines hatte fallen lassen. Der offenherzige Ausschnitt der Marketenderin, der die Blicke der Mannskerle anzog wie der Honig die Bienen, entging ihm ebenso wenig wie die hübsche Fremde, die so tat, als könne sie in den Händen anderer Leute etwas Geheimnisvolles lesen. Sogar bezahlen ließ sie sich dafür. Da! Gerade beugte sie sich über die Hand des größten Halunken, der auf dem Jahrmarkt herumlief! Er war der Anführer einer Räuberbande, vor ein paar Tagen erst hatten sie ihr Nest in den Engerser Wäldern aufgeschlagen. Jetzt stromerte er unbemerkt zwischen den reichen Bürgern der Stadt herum. Sie sollten besser auf ihre Börsen aufpassen, die feinen Bürger, sie waren zu leichtfertig, zu sorglos.

In einem beachtlichen Eisenkessel stieg über einem Holzfeuer der Dampf einer frisch zubereiteten Biersuppe auf. Der Taubstumme blieb stehen und warf einen raschen Blick über den Kesselrand. Die kräftigen Aromen von Kümmel und Muskat drangen ihm in die Nase, ohne dass er die Gewürze hätte benennen können, doch da war noch etwas anderes.

Seine Augen funkelten, die Aufregung schoss ihm durch alle Adern. Er beugte sich ein wenig nach unten, nah ans Feuer. Ein Lächeln stahl sich auf sein Gesicht.

Seine Handfläche war schwielig, doch wider Erwarten gewaschen. Ich nahm sie in meine Linke, um mit den Fingerspitzen der Rechten den eingekerbten Linien zu folgen. Es war eine Art Ritus vor dem eigentlichen Lesen. Lebenslinie, Schicksalslinie, Kopflinie, Herzlinie.

Wir standen etwas abseits, im Schutz der Mauer, niemand beachtete uns. Die Handleserin erregte kein Aufsehen mehr, die Leute hatten sich an meine Gegenwart gewöhnt.

Für einen Mann besaß er eine verhältnismäßig schmale Handfläche, kurze Finger und einen ausgeprägten Daumenberg. Kopf- und Herzlinie deuteten auf einen unberechenbaren, zu Jähzorn neigenden Menschen hin. Etwas in seiner Schicksalslinie beunruhigte mich. Ich beugte mich weiter vor, straffte seine Hand, drückte seine Finger sanft auseinander, folgte mit den Blicken stumm dem Verlauf. Verästelungen, viele kleine Brüche, unregelmäßiger Schwung.

Sag ihnen nie das Schlechte.

„Wer bist du?“ Ich sah ihn an, ohne den Kopf zu heben. Seine Linien verhießen nichts Gutes.

„Was für eine Rolle spielt das?“, fragte er zurück. Es schien ihn zu amüsieren, wie ein Spiel.

Ich sehe deinen Tod, hätte ich sagen können. Ich ließ seine Hand los und drehte mich von ihm fort.

„Sieh dich vor“, sagte ich stattdessen. Gleich darauf spürte ich den Goldgulden in meiner Hand, seine Stimme nah an meinem Ohr.

„Ich schlage dir einen Handel vor.“

„Einen Handel?“

Ich fuhr zu ihm herum und runzelte die Stirn. „Wenn du glaubst, mich für irgendwelche Gaunereien ködern zu können, hast du dich getäuscht.“

Hier und da einen Apfel in der Rocktasche verschwinden zu lassen war etwas anderes als die Komplizin eines Halunken zu sein, der Goldgulden stahl.

„Ich geb’ dir zwei weitere …“ Er fingerte eine Lederbörse aus der Hosentasche und begann sie aufzuschnüren.

„… wenn du mir einen Gefallen tust.“

„Du meinst zwei Gulden?“

Ich schnappte nach Luft. In meinem ganzen Leben hatte ich noch nie so viel Geld verdient. Zwei Goldgulden, Herr im Himmel! Was würde er dafür verlangen?

Sein Blick hob sich kurz und schnell, flog nach rechts, nach links und flüchtig über die Schulter nach hinten, dann zog er mich ein weiteres Stück zur Seite.

„Am Ende der Kunosteinstraße steht das Haus vom Schneider-Gottfried. Morgen Abend, beim siebten Glockenschlag, wirst du an seine Tür klopfen. Er wird aus seiner Nähstube kommen und dir öffnen. Alles, was du tun musst, ist, ihn in ein Gespräch zu verwickeln. Halt ihn so lange an der Tür fest, wie du kannst, dir fällt schon das Richtige ein."

Er suchte meinen Blick. „Das ist alles."

In meinem Kopf überschlugen sich die Gedanken. Zwei Gulden. Zusammen mit dem, der sich gerade in meiner Hand erwärmte, wären es schon drei ... Ob sie für ein neues Kleid reichten? Taubenblauer Taft, mit einer Schleife auf dem Rücken und weißem Spitzenbesatz am Ausschnitt. Oder doch lieber Musselin, alle Welt sprach davon; ob ich nach Herzenslust wählen könnte? Das Herz hämmerte mir in der Brust, so wild, dass ich fürchtete, jeder könne es hören.

„Für drei mach ich's!", sagte ich, entschlossen, den Handel anzunehmen.

Der Fremde grinste.

„Du lernst schnell."

Ein Talglicht würde reichen. Oder ein wenig Glut aus dem Kamin. Ein Windzug könnte hineinfahren und die Flamme anfachen. Es würde schnell gehen. Das Feuer würde überspringen von einem Stoffballen auf den nächsten. Die Namen der Tucharten sagten ihm nichts, aber er wusste, wo sie lagen. Ordentlich aufgereiht auf dem langen Tisch in der Nähstube, Seide, bestickter Brokat, Leinen in allen Farben, Taft für die Kleider der feinen Damen und weißer Damast für ihre Tischwäsche. Wenn der erste Ballen entflammt war, wäre alles gut. Er würde beobachten, von einem sicheren Platz aus, wie das Feuer um sich greifen und sein Werk vollenden würde. Der

Pflaumenbaum im Garten hinter dem Haus, gleich vor dem Fenster zur Nähstube, hatte stabile Astgabeln. Er war ein geschickter Kletterer und es wären nicht die ersten Pflaumen, die er dem Schneider-Gottfried gestohlen hätte. Niemand würde ihn bemerken, so wie ihn nie jemand bemerkte. Doch er selbst könnte, verborgen in seinem Versteck, jeden Augenblick auskosten, den Brandgeruch auf der Zunge schmecken, dem Rauch zusehen, wie er dichter und undurchsichtiger würde und sich erst am Ende, kurz bevor es eng würde in der Brust und der Husten käme, heimlich davonmachen.

Sein Herz stolperte vor Aufregung und Vorfreude.

Im Zählen war ich nicht gut, bis sieben reichte es jedoch allemal. Das Haus vom Schneider-Gottfried zu finden, war nicht schwer. Mit dem Schiefer gedeckten Dach, dem Fachwerkgiebel und den grünen Läden an den Fenstern ähnelte es zwar den übrigen in der Straße, doch das Zunftwappen über der Tür, eine offene Schere mit dem Fingerhut darunter, wies es eindeutig als das Haus des Schneiders aus.

Bereits den ganzen Tag kreisten meine Gedanken um den Schneider, von dem ich nicht mehr herausgefunden hatte, als dass er ein kleiner, krumm gewachsener Mann mit schütterem Haar war und allein lebte. Ein Nähknecht ging ihm in der Nähstube zur Hand und seine Schwester, die auf der gegenüberliegenden Straßenseite wohnte, brachte ihm einmal am Tag, gegen Mittag, eine warme Mahlzeit. Auch als Fremde in einer Stadt konnte man, wenn man die richtigen Fragen stellte, einiges über die dort lebenden Menschen erfahren.

Ich hatte nicht nach dem Grund meines Auftrages gefragt, wollte nicht wissen, was während der Zeit, in der ich den Schneider vor der Tür in ein Gespräch verwickeln sollte, in dessen Stube vor sich gehen würde. Vermutlich war es die Geldschatulle, auf die der Fremde es abgesehen hatte.

Beim letzten Glockenschlag von St. Martin pochte ich zweimal kräftig an die Tür. Kurz darauf hörte ich Schritte heranschlurfen, dann wurde mir geöffnet. Der Schneider, mit aufgewickelten Hemdsärmeln, Kniebundhosen und ledernem Maßband um den Hals, blickte seine späte Besucherin unter den buschigen Augenbrauen überrascht an.

„Seid Ihr Meister Gottfried, der Schneider?“

Ich lächelte so süß ich konnte.

Er nickte. „Du kommst spät, mein Kind. Habe meinen Laden gerade geschlossen.“

„Ich weiß, verzeiht die Störung, aber …“

Mit beiden Händen griff ich in den verschlissenen Stoff meines Kleides, ein unzählige Male geübter Handgriff. Ich brauchte die Falten meines Kleides an beiden Seiten nur ein wenig auseinanderzuziehen und schon wurden die vielen Risse und andersfarbigen Flicken sichtbar.

„Es ist das einzige, das ich besitze“, sagte ich leise. Das Bedauern darüber brauchte ich nicht zu heucheln.

Der Schneider beugte sich nach vorn, kniff die Augen zusammen und wog seinen Kopf hin und her. „Herrje, so ein hübsches Weibsbild …“ Mit einer kreisenden Handbewegung bat er mich, mich umzudrehen. Dass er den Zustand meines Kleides mehr als beklagenswert fand, ließ sich an seinem Gesichtsausdruck ablesen. Wieder schüttelte er den Kopf.

„Eine Verabredung, Meister Gottfried.“ Ich sandte ihm einen beschwörenden Blick, es musste mir gelingen, Mitgefühl in ihm zu wecken.

„Es ist meine erste“, setzte ich leise hinzu, „da kann ich doch nicht in einem solchen Fetzen gehen.“

In des Schneiders Nähstube zu gelangen, war ein Kinderspiel gewesen. Er hatte nur ausreichend Geduld aufbringen und abwarten müssen, bis die Umstände ihm gewogen waren. Dass ausgerechnet die hübsche Handleserin ihm unwissentlich dabei zu Hilfe gekommen war, hatte ihn überrascht.

Im Pflaumenbaum vor dem Fenster saß es sich besser als vermutet und er hatte Zeit genug gehabt, sich den Bauch vollzustopfen.

Es war früher Abend gewesen, als der Meister endlich beide Fensterflügel aufgerissen und seine vom Sitzen am Schneidertisch müde gewordenen Knochen gereckt hatte. Plötzlich hatte er sich jedoch abgewandt, so als habe jemand nach ihm gerufen oder an seiner Tür geklopft, und er hatte sich vom Fenster fortbewegt und mit langen Schritten das Zimmer durchquert.

Der Taubstumme hatte nicht lange gezögert. Behände wie ein Eichhörnchen war er vom Baum gesprungen und hatte in die Nähstube gespäht. Durch die offene Tür auf der gegenüberliegenden Seite sah er den Schneidermeister mit der hübschen Handleserin schwatzen. Im Stillen dankte er ihr, dass sie ihn auf diese Weise aus der Stube gelockt hatte.

Lautlos wie ein Raubtier auf der Jagd machte er einen Satz in die Nähstube. Mit einem Auge spähte er zur Tür hinaus. Gerade begutachtete der Schneider das geflickte Kleid der Handleserin, sie schien seinen Rat erbeten zu haben.

Er verlor keine Zeit. Rasch, aber mit ruhiger Hand, ergriff er die Öllampe, die der Schneider kurz zuvor erst angezündet hatte.

„Was muss ich Euch zahlen, wenn Ihr es mir ausbessert? Oder …"

Ich machte eine Pause, dachte einen Augenblick nach und bemühte mich, mein wild springendes Herz zu bändigen.

„Oder denkt Ihr, es wäre besser, es durch ein neues Kleid zu ersetzen?"

Ich musste von Sinnen sein! Was, wenn der Fremde sein Wort nicht hielt und mir die drei Gulden schuldig bliebe?

„Hm … ein neues Kleid würde ein hübsches Mädchen wie dich noch hübscher machen …"

Seine Herzlichkeit und die Güte in seinen grauen Augen rührten mich.

Wieder musterte er mich von oben bis unten, unentwegt vor sich hin murmelnd, aber ich spitzte die Ohren, um jedes Wort zu verstehen. Während er die Schäden in meinem Kleid weiter in Augenschein nahm, drang plötzlich ein sonderbarer Geruch zu mir herüber.

„Den Mannskerlen würden die Augen aus dem Kopf fallen, gewiss, gewiss …, der Preis, nun ja, es kommt auf die Tuchart an, sicher ließe sich etwas machen …"

Rauch! Im Haus. Hinter seinem Rücken.

„Was kannst du zahlen?“, fragte er schließlich.

Ich blickte über seine Schulter ins Innere des Hauses und presste beide Hände vor den Mund.

Die Flamme züngelte am ersten Stoffballen. Seide, jadegrün. Im Nu schmolzen die feinen glatten Fasern zusammen. Sein Blick brannte sich tief in das Glimmen hinein; ihn abzuwenden kostete ihn eine beinah unbändige Kraft. Durchströmt von einer köstlichen Vorahnung erkannte er, dass die von ihm erschaffene Wirklichkeit die Bilder seiner Vorstellung um ein Vielfaches übertraf.

Ein zweites Mal hielt er die Flamme an den Stoff. Jetzt griff das Feuer um sich. Flink stellte er die Öllampe zurück an ihren Platz, versicherte sich noch einmal des vollkommenen Abgelenktseins des Schneiders und sprang dann, ebenso geschmeidig wie zuvor, wieder aus dem Fenster heraus und erklomm in wenigen Augenblicken seinen Platz auf der Astgabel.

Von hier aus hatte er den Arbeitstisch mit seinem Werk im Blick. Der zweite Ballen brannte. Leinen, dunkelrot wie schwerer, süßer Wein. Jetzt fraß das Feuer hässliche, schwarze Löcher hinein. Rauch stieg auf. Wie ein Tier blähte er seine Nasenflügel auf, wann drang der Geruch endlich zum Fenster heraus? Vielleicht war sein Versteck auf dem Baum nicht halb so gut, wie er gedacht hatte, was, wenn er zu weit vom Feuer entfernt wäre und er es deshalb nicht bis zum letzten auskosten könnte? So dicht vor dem Ziel zu stehen und dennoch das ersehnte Gefühl des Triumphes nicht zu verspüren, schuf eine Ungeduld, die drohte, ihm jegliche Freude an seinem Tun zu rauben. Er tat einen tiefen, gierigen Atemzug. Als die Flammen am Damast leckten, waberte der Brandgeruch zum Fenster heraus. Er lächelte. Tiefe, warme Zufriedenheit breitete sich in ihm aus, er saß ganz ruhig, nur der sich regelmäßig hebende und senkende Brustkorb bewegte sich.

Der Rauch wurde dichter. Weißgrau wie der Morgendunst über dem Rhein.

Die Tür flog auf. Herein stürzte der Schneider-Gottfried, das blanke Entsetzen im Gesicht. Er schien wie gelähmt angesichts dessen, was er in seiner Nähstube erblickte. Der Taubstumme sah, wie sich der Mund des Meisters zu einem lautlosen Schrei öffnete. Hinter ihm erschien die Handleserin. Auch ihr stand das schiere Erschrecken ins Gesicht geschrieben. Schließlich tauchte der Schneider aus seiner Schreckstarre auf, packte das Mädchen an den Schultern und schob es zur Tür hinaus, bevor er selbst die Stube verließ. Bis er mit dem Wasser zurück sein würde, stünde auch der letzte Stoffballen in Flammen.

Der Taubstumme nickte.

Tiefer sog er den Geruch ein, ergötzte er sich an den lohenden Flammen, den rotglühenden durch die Luft stiebenden Funken und dem Qualm, der jetzt in dichtem Nebel aus dem Fenster quoll.

Bevor er ihm vollends die Sicht auf das Innere der Nähstube nahm, bemerkte er aus dem Augenwinkel einen Schatten am offenen Fenster. Der Rauch brannte in den Augen und er blinzelte die aufsteigenden Tränen fort. Als er wieder klar sehen konnte, war der Schatten verschwunden.

Ich lief so schnell ich konnte. Doch meine Gedanken jagten immerfort zurück in die brennende Nähstube, ich hörte die Flammen prasseln und die Holzbalken bersten. In meinem Haar haftete der Brandgeruch und im Hals kratzte der Rauch, als stünde ich noch immer, geblendet vom Schein der Flammen und unfähig, zu verstehen, am Rande des Infernos.

Außer Atem fand ich, geleitet vom Geräusch der Rheinströmung, den Weg am Grauen Turm vorbei ans Ufer. Hier war es ruhiger, das Geschrei der Leute, die dem Schneider beim Löschen halfen, war weit fort.

Ich hätte sterben können. Vergiftet vom Rauch, verbrannt zu einer Handvoll Asche. Und das alles für drei goldene Münzen.

Im Gestrüpp hinter mir knackte es. Ich fuhr herum.

Eine Gestalt trat aus dem Dickicht.

Ich stutzte, wagte kaum zu atmen, versuchte das Gesicht unter der Hutkrempe zu erkennen.

„Gute Arbeit, Handleserin." Drei Geldstücke rollten mir vor die Füße.

Ich erkannte ihn an der Stimme. Mein Blick klebte an den Münzen, die ich trotz der Dunkelheit auf der Erde glänzen sehen konnte.

„Ein Feuer hätt's allerdings nicht unbedingt gebraucht."

„Aber …"

Was meinte er damit? Ich trat einen Schritt auf ihn zu, wollte sein Gesicht sehen, seine Augen, doch die Nacht verbarg ihn vor mir.

„Hast denn nicht du das Feuer gelegt?", fragte ich ungläubig. In meinem Kopf türmten sich die Fragen. Wenn nicht ich und nicht der Fremde die Nähstube in Brand gesetzt hatten, wer um alles in der Welt war dann verantwortlich dafür?

Der Fremde schüttelte den Kopf.

„Warum sollte ich selbst den Weg zu meiner Beute anstecken?"

Keine Erklärung zu finden, schien ihm gleichgültig zu sein, mich aber machte es verrückt. Konnte eine umgefallene Kerze einen Brand von diesem Ausmaß auslösen? Oder gab es einen Dritten in unserem Komplott?

„Keine Angst, dass sie dich finden?", fragte ich und kämpfte dagegen an, mich von seiner Furchtlosigkeit beeindrucken zu lassen.

Er scharrte mit der Stiefelspitze im Dreck und lachte.

„Die sind noch eine Weile beschäftigt und wenn sie anfangen, nach mir zu suchen, bin ich längst fort."

„Hast du wenigstens bekommen, was du wolltest?"

Er nickte. „Seine Geldkassette war gut gefüllt, wie erwartet."

„Und jetzt hat er alles verloren", fügte ich leise hinzu, „sein Geld, seine Werkstatt, die Stoffe, mit denen er arbeitet." Die grauen Augen tauchten vor mir auf und das Gesicht, sein gütiges Lächeln.

Die Wolken gaben den Mond frei, ein Streifen Licht fiel auf den Fleck, auf dem die Münzen lagen. Drei goldene Gulden. Jeder einzelne voller Schuld und Angst und schwarzer Erinnerungen.

„Wer bist du?" Ich hatte es nicht wissen wollen, hatte nie vorgehabt, in der Erinnerung einen Namen mit ihm verbinden zu wollen und ich konnte mir auch später nicht erklären, welcher Teil in mir jetzt doch danach fragte.

„Musst du nicht wissen“, erwiderte er einsilbig. „Ist besser für dich.“

Im Grunde war ich ihm dankbar, dass er mir seine Identität verschwieg. Ich nickte kurz, warf einen letzten Blick auf die Münzen, drehte mich um und ging.

Es dauerte nur einen Tag, bis ich seinen Namen doch erfuhr, denn in Windeseile verbreitete sich die Nachricht: Mathias Weber, der als *Der Fetzer* die Neuwieder Räuberbande anführte und als einer der meistgesuchten Verbrecher entlang des Rheines galt, hatte die Nähstube vom Schneider-Gottfried in Brand gelegt und die Geldkassette mit den nicht unbeträchtlichen Tageseinnahmen geraubt. Jemand hatte gesehen, wie ein Mann von seiner Statur um die Zeit des Brandes aus dem Garten des Schneiders geflohen war. Man erzählte, dass große Teile des Hauses nicht rechtzeitig zu löschen gewesen waren, die Nähstube vollständig abgebrannt und es daher fraglich sei, ob der Schneider jemals wieder darin würde wohnen und arbeiten können.

Ich erfuhr, dass man den *Fetzer* zwei Tage später in den Wäldern aufgriff und in der Neuwieder Arrestzelle festsetzte. Den Raub hatte er dann gestanden, die Brandstiftung jedoch nicht.

Lange hörte ich nichts über ihn, doch seinen Namen vergaß ich nicht.

Erst Jahre später, auf einer unserer Reisen den Rhein herauf nach Cöln, sollte er mir wieder begegnen.

Die Leute dort sprachen mit einer Mischung aus Ehrfurcht und Abscheu von ihm, denn man hatte selten einen so furchtlosen zum Tode Verurteilten auf dem Schafott erlebt wie ihn. Und erst dann erfuhr ich, zu welchen Verbrechen der Mann, mit dem ich einst gemeinsame Sache gemacht hatte, fähig gewesen war. Den Grund für den Brand in der Nähstube habe ich jedoch bis heute nicht erfahren.

Das seidene Band

(Oberlahnstein, Anno Domini 1860)

Liebe Idilia,

ich weigere mich, zu glauben, was sie über dich erzählen, hoffe, dass sie sich irren, ein törichter Wunsch, ich weiß …

Ist es wahr, dass Menschen, die jung sterben, zu Sternen werden, um für all jene zu leuchten, die sie liebten?

Es wäre mir ein Trost. Manchmal schaue ich nachts in den Himmel und stelle mir vor, wie du dort oben strahlst, für uns, die wir um dich trauern. Ich sehe dich als funkelnden Stern über dem Burgturm, der dich anzog und nicht mehr gehen ließ. Leuchtest du auch über mir, der Schankmagd aus dem Wirtshaus, die sich an Tagen wie diesem von ihrer Schuld fast erdrückt fühlt?

Wenn ich hinauf zur Burg Lahneck steige und für einen Moment die Augen schließe, sehe ich dich wieder dort sitzen, im Schatten der Haselsträucher, sehe, wie dein Blick über den Lauf des Rheins gleitet, sich über die Weinberge auf der gegenüberliegenden Seite tastet, und ich erinnere mich an deine Liebe für die Einzelheiten, für das Unscheinbare und an das Glühen in deinen Augen, das Verlangen, auf dem Papier festhalten zu wollen, was unser Land dir darbot. Der breite Strom mit den grünen Hängen an seinen Ufern, mit den Schlössern und Festungsanlagen, die sich weit droben auf den Felsvorsprüngen in den Himmel recken, hatte dich in jenem Sommer verzaubert. In meinen Gedanken erwachst du zu einer Lebendigkeit, die mir den Atem nimmt und ich muss sie so rasch wie möglich unterdrücken, weil ihr sogleich eine andere folgt. Ich sehe, wie du auf den Turm hinaufsteigst, ahnungslos mitten hinein in dein Unglück, deine Zeichenmappe unterm Arm, ohne Angst – nie habe ich ein furchtloseres Mädchen gekannt als dich! –, und die Schuld, die ich an dem trage, was dort geschah, schnürt mir fast die Kehle zu.

Unsere Begegnungen in jenem Sommer, in dem das Unfassbare geschah, waren zu kurz, als dass wir einander hätten richtig kennenlernen können, obwohl der Wunsch danach in mir brannte wie eine lodernde Flamme. Es vergeht kaum ein Tag, an dem ich nicht an dich denke.

Ein seidenes Band liegt neben mir auf dem Tisch, es ist ein Erinnerungszeichen, ein Andenken geworden. Ich fand es an einem Nachmittag im Herbst. Dein Verschwinden lag damals vier Monate zurück.

Tief in Gedanken versunken schritt ich den holprigen Pfad zur Festung hinauf. Das Laub leuchtete in den Farben von Kupfer und Gold. Wie eine Verheißung erschienen mir das lichte Blau des Himmels und die milde Luft wie ein letztes Aufbegehren vor den ersten kalten Tagen. Plötzlich blieb mein Blick an etwas Hellem im Gestrüpp am Wegrand hängen. Vorsichtig bog ich die dornigen Äste auseinander, damit ich hindurchgreifen konnte. Zunächst glaubte ich, es sei ein alter Stofffetzen, doch als ich es herausgezogen hatte, hielt ich ein seidenes Band in den Händen, gut zwei Ellen lang. Es musste einmal blütenweiß gewesen sein, jetzt aber hatten Regen und Erde es aufgeweicht und verschmutzt. An einem Ende war ein zusammengefalteter Zettel an das Band geknotet. Es musste schon lange im Gestrüpp liegen, denn die Ränder waren zerfleddert und die Schrift auf dem Zettel verwischt. Ich nahm es an mich. Den Zettel warf ich achtlos fort, das Band weichte ich eine ganze Nacht lang in Seifenlauge ein. Weitere Gedanken machte ich mir keine.

Viel Zeit ist vergangen, neun Jahre, seitdem du von einem Tag zum anderen nicht mehr zurückkehrtest. Es wird viel geredet, aber den Männern, die im Turm waren, und fanden, was übrig blieb, muss ich glauben: Sie sahen das Unbegreifliche mit ihren eigenen Augen. Seit Tagen dreht sich jedes Gespräch hier im Ort nur um dich.

Es begann damit, dass ein Engländer, Edward Moriarty, die Burgruine vor einiger Zeit erwarb und Männer damit beauftragte, sie instand zu setzen. Beim Betreten des Burgfrieds entdeckten sie die in sich zusammengestürzte Treppe, einen Haufen aus zertrümmerten und von Unkraut überwucherten Holzresten und Steinen. Ich sah die Gesichter der Männer am Abend im Wirtshaus, als sie ihre Betroffenheit mit einem Schoppen Rheingauer herunterzuspülen versuchten. Sie kannten dich nicht und es sind gestandene Mannsbilder, und doch erschütterte sie der Fund, mit dem sie nicht gerechnet hatten. Ich versuchte, mich in ihrer Nähe aufzuhalten und spitzte die Ohren, doch ich verstand nur Bruchstücke.

Tags darauf sprach ganz Oberlahnstein vom gruseligen Fund auf der Turmruine. Nicht nur eine goldene Uhr, eine Gürtelschnalle und Reste deines Strohhutes, nein, auch Überreste eines menschlichen Körpers wurden unterhalb der Zinnenkrone gefunden.

Dass der Turm viele Jahre ein solch schreckliches Geheimnis barg, hat niemand hier gewusst. Alle sind erschüttert. Man erzählt, dass man deine Familie bereits informiert habe und sie bald anreisen werden.

Warum nur schreibe ich dir all dies? Aus dem Wunsch heraus, endlich mit dir über mein Versäumnis zu sprechen? Oder treibt mich die stille Hoffnung, alles könnte ein Irrtum sein und du lebst und wirst meine Zeilen einst lesen und mir vergeben? Vielleicht möchte ich für die Schuld, die ich an all dem trage, endlich Worte finden, das, was ich nie jemandem erzählt habe, nun dir erzählen, weil ich mein Geheimnis bei dir gut aufgehoben weiß. Vertraut man deshalb den Toten seine dunkelsten Gedanken an, weil man sie nirgendwo sonst in derart stillschweigender Sicherheit weiß?

Ich beneidete dich. Damals, als du mit deinen Eltern und Mary und George zu uns kamst, von weit her, aus einer großen Stadt in Schottland, da konnte ich mich nicht sattsehen an dir. Wir waren im gleichen Alter, aber du führtest ein völlig anderes Leben als ich. Ich war eine Schankmagd, trug ein einfaches Arbeitskleid und darüber eine Schürze, die immer an irgendeiner Stelle verschlissen oder geflickt war. Ein Fieber hatte mir beide Eltern genommen und ich lebte bei der Schwester meines Vaters, die zusammen mit ihrem Mann das Wirtshaus führt. Sie ließ mich damals umsonst in einer zugigen Dachkammer wohnen. Als Gegenleistung arbeitete ich für sie. Nur einen einzigen freien Tag in der Woche billigte sie mir zu und an diesem einen Tag hatte ich mein Arbeitskleid, die Schürzen und meine Wäsche in Ordnung zu bringen. Flanieren gehen oder Vergnügungen kannte ich nicht; entweder ich wusch, flickte oder holte ein wenig Schlaf nach, der mir während der Woche oft fehlte.

Du aber warst eine hübsche junge Lady aus einem Land, das man nur erreicht, wenn man mit einem Schiff übers Meer fährt. Deine Familie musste wohlhabend sein, eine so weite Reise kostete bestimmt ein Vermögen. Damals ahnte ich nicht, dass ihr nur zur britischen Mittelschicht gehörtet und der Gasthof meiner Tante nichts weiter als eine einfache und recht preisgünstige Unterkunft war. Aber ich wusste, dass Reisen auf dem Rhein für euch Briten in Mode waren, seit Lord Byron euch mit seinem Gedicht vom Drachenfels verzückt hatte. Deine Landsleute brachten immer einen Hauch von der großen weiten Welt in unseren beschaulichen Ort.

Deine Kleider waren aus feinem Stoff genäht, die Röcke bauschten sich in unzähligen Falten und die Ärmel knisterten leise bei jeder Bewegung. Einmal, als ich während eurer Abwesenheit die Stube fegte, in der du mit deinen Geschwistern untergebracht warst, konnte ich nicht anders, als behutsam über die grünschimmernde Seide zu streichen und die weiße Musselinspitze am Saum zu berühren. Ich fragte mich, wie ein solches Kleid an mir aussehen würde und hielt es mit zittrigen Händen vor meinen Körper. Kühl und glatt fühlte sich die Seide unter meinen Fingern an, mein Herz pochte zum Zerspringen. Ich schritt auf und ab, drehte mich mit geschlossenen Augen, nach rechts, nach links, einmal um mich selbst. Das Knistern der Seide versetzte mich in einen Rausch und die Kammer verwandelte sich in einen Ballsaal, in dem ich mit dem fremden Kleid zum Takt meines Herzschlags tanzte. Es war ungeheuerlich! Wenn die Tante mich erwischt hätte, wäre ich nicht ungeschoren davongekommen.

Aber niemand hat je etwas davon erfahren. Auch nicht, dass ich tags darauf deinen Sommerhut aus der Schachtel nahm und ihn mir aufsetzte, eine wunderschöne Schute aus Strohborten, geschmückt mit Bändern aus weißem Seidentaft und Baumwollspitze. Er passte, als sei er für mich gemacht. Du trugst ihn bei unserer letzten Begegnung – erinnerst du dich, dass ich dir sagte, wie hübsch er dir zu Gesicht steht? Du hast gelacht und mich gefragt, ob ich nie einen Hut trage. Meine Antwort klang ausweichend, ich habe vergessen, welche Worte ich gebrauchte. Nie hätte ich vor dir zugeben können, dass ich nur eine kleine unscheinbare Schute besaß, eine, die mir eine meiner älteren Cousinen vererbt hatte. Sie hatte mir nie richtig gepasst, wenn ich die Schleife unterm Kinn zuband, saß der Hut viel zu eng auf meinem Kopf, aber ich brauchte ihn ja nur zu tragen, wenn ich das Haus verließ, was nicht oft geschah.

„Ich schenke ihn dir“, sagtest du damals und deutetest auf das Prachtstück, das neben dir im Gras lag. „Am Tag unserer Abreise werde ich ihn für dich im Zimmer liegen lassen.“

Meintest du, was du da sagtest? Es zu glauben, fiel mir schwer, bisher war niemand auf den Gedanken gekommen, mir ein Geschenk zu machen. Die Freude über deine Worte und die Aussicht schon bald einen Hut nach der neuesten Mode zu besitzen, erfüllten mich mit Vorfreude und zugleich mit einer inneren Anspannung, die meinen Körper von den Füßen bis in die Haarspitzen ergriff.

Am selben Tag entdeckte ich auch deine Zeichenmappe. Sie lag aufgeschlagen auf dem Bett wie eine geöffnete Schatztruhe, die zu schließen in der Eile vergessen worden war und deren funkelnder Inhalt sich nun fremden Blicken offenbarte.

Sie bestand aus stabilem Karton, ein Stück Kordel lag daneben auf dem geblümten Bettüberwurf, ebenso wie ein Skizzenblock und einige fertig gestellte Zeichnungen. Ich stand da, den Besen in der Hand, wusste, dass die Tante in der Schankstube auf mich wartete und doch übermannte mich die Neugier. Die zuoberst liegende Zeichnung zeigte einen Ausschnitt von Schloss Stolzenfels, so vorbildgetreu gezeichnet, dass es mir die Sprache verschlug. Mit zwei Fingern schob ich sie ein wenig zur Seite, um das darunter liegende Bild betrachten zu können. Das Fährhaus am Flussufer mit seinem windschiefen Dach. Ich erkannte es sofort.

In den Dingen der Gäste herumzuschnüffeln, schickte sich ganz und gar nicht, es zu tun, war auch nicht meine Art, und doch konnte ich nicht anders. Gefangen im Verlangen, mehr über dich und dein Leben wissen zu wollen, zupften meine Finger wie von selbst an den Zeichnungen, immer an der nächstuntersten, bis sich mir alle Edelsteine deiner Schatzkiste offenbart hatten. Du musst unsere Gegend und die Menschen, die hier leben, gemocht haben, wenn du sie mit solcher Hingabe zeichnen konntest.

Ich zuckte zusammen, als ich Schritte vor der Tür hörte, ließ den Besen daraufhin rasch über die Holzdielen sausen und versuchte, das Zittern meiner Hände nicht zu beachten.

Ich sah dich mit gerötetem Gesicht in die Stube stürzen und nach deinem Skizzenblock greifen. Mit der anderen Hand zogst du deinen Hut aus der Schachtel und setztest ihn im Hinauslaufen auf. Du schienst es eilig zu haben. Hattest du mich überhaupt bemerkt? Wie ein Möbelstück kam ich mir vor, das zwar einen festen Platz in einer Kammer hat, dem man aber gerade deshalb keine besondere Beachtung schenkt. Durchs Fenster sah ich dich davonlaufen, die Zeichenmappe unter den rechten Arm geklemmt, am Rheinufer entlang.

An diesem Tag folgte ich dir. Es war ein Sommermorgen im Juni. Ich hatte nur die Gästestuben zu fegen und mich bei meiner Tante abzumelden, bevor ich meinen freien Tag nehmen konnte. Der Himmel war ein Meer aus strahlendem Blau, nur hier und da trieben kleine, zerrupfte Wolkenfetzen darin. Träge wälzte sich der Rhein in seinem Bett, trug die Fähre von einem Ufer ans andere und die Lastkähne flussabwärts. Die *Stolzenfels,* das Dampfschiff, mit dem ihr tags zuvor angekommen wart, lag am Landungssteg, mit dicken Seilen an den Pollern vertäut, eine leichte Brise spielte mit den bunten Wimpeln und Fähnchen am Oberdeck. Du trugst ein zitronengelbes Kleid und darunter einen weißen seidenen Unterrock, dessen Spitze unterm Saum hervorblitzte. Unter deinem weißen Strohhut wippten die Korkenzieherlocken und die Schleife war so locker unter deinem Kinn gebunden, dass sich der Hut bei jedem deiner Schritte ein Stück nach hinten bewegte.

Du sahst so hübsch aus! Idilia, Tochter eines schottischen Kaufmanns, alles an dir machte mir deutlich, was mir selbst fehlte, wie unvollkommen mein Leben war im Vergleich zu deinem. Ich würde nie etwas anderes sein als eine kleine unscheinbare Magd, nach der sich niemand umdreht und die nichts zu erwarten hat. Hätte jemand uns gemalt, wärest du der Tag und ich die Nacht gewesen.

Damals wusste ich nicht, dass uns, trotz aller Verschiedenheit, dennoch etwas verband – und richtig verstehen konnte ich es erst später.

Wenn du dich mit deinem Skizzenblock und einem Bleistift stundenlang zurückzogst von der lärmenden Welt, ja, beinah von ihr entrückt warst, während du Strich für Strich erschufst, was deine Augen sahen oder was sie sehen wollten, dann unterschied sich das gar nicht so besonders von dem, was auch ich tat. Denn auch ich war in der Lage, für alles, was geschah, Bilder zu erschaffen. Meine Bilder aber bestanden aus Worten. Es waren Märchen, Geschichten, die den Weg zu mir fanden, ohne dass ich nach ihnen rief. Ich vermochte alles, was ich sah, dachte oder fühlte, in Worte zu verwandeln, was mich dazu befähigte, die Wirklichkeit zu ändern, sie umzuwandeln, sie schöner zu machen oder heiterer. Für Trauriges erfand ich glückliche Wendungen und für Schmerzhaftes eine gnädige Erlösung. Vielleicht musste ich so etwas tun, um mich vor den dunklen Tiefen der Traurigkeit zu schützen. Als Vater und Mutter starben, habe ich damit angefangen und bis zum heutigen Tag nicht aufgehört. Es hilft, trübe Gedanken und die Aussichtslosigkeit, die sie mit sich bringen, auszuhalten.

Leider hatte ich in jener Zeit noch keine Möglichkeit, meine Wortbilder niederzuschreiben, weil ich mir Papier und Tinte nicht leisten konnte. So behielt ich sie in meinem Kopf und wenn die Einsamkeit nachts in meiner Kammer nach mir griff, erzählte ich mir meine eigenen Märchen und Geschichten, die die Leere in mir füllten und mich trösteten.

„Von wo aus hat man die schönste Aussicht?“, fragtest du mich, als ich außer Atem zu dir stieß. Meine Kehle brannte und ich musste meine Hand in die Seite drücken, weil es dort vom schnellen Laufen zog und stach. Der Pfad hinauf zur Burg wand sich steil in die Höhe, war schmal und uneben, mit viel losem Geröll und nur hier und da gab es angedeutete, in die Erde geschlagene Stufen. Schon von weitem hatte ich dein Kleid unter den Haselsträuchern leuchten sehen. Verschwitzt, mit staubigen Schuhen und nach Luft ringend stand ich dir nun gegenüber und brachte kein Wort heraus. Wie eine Prinzessin sahst du aus, in deinem sonnengelben Kleid und den seidenen Schleifen an den Ärmeln. Ein dicker Stein diente dir als Sitzgelegenheit, der Skizzenblock lag aufgeschlagen auf deinen Knien und der Strohhut neben dir im Gras.

„Von da oben", antwortete ich und deutete mit dem ausgestreckten Arm hinauf auf die Festung, die über uns auf einem steil hervorspringenden Felsen thronte. Seit dem Dreißigjährigen Krieg befand sie sich in einem maroden Zustand, feindliche Truppen hatten sie zu großen Teilen zerstört, unbewohnbar gemacht und eine Ruine hinterlassen. Eine Hand schattenspendend über die Augen gelegt, schautest du hinauf. Ein Lächeln zog über dein Gesicht. „Der Turm …", murmeltest du und wandtest dich wieder deiner Zeichnung zu.

Ich ließ mich neben dir ins Gras sinken und sah dir dabei zu, wie du den Bleistift mit geschmeidigen Bewegungen übers Papier führtest. Still war es um uns, nur ein paar Amseln sangen irgendwo in den Bäumen und von weit unten drang gedämpft das Hupsignal eines Schiffes zu uns herauf, das den Anleger in Oberlahnstein gleich verlassen würde. Langsam beruhigte sich mein Atem. Wie gebannt verfolgte ich das Werden des Motivs auf deinem Papier. Nach und nach entstand die Festung Lahneck und obwohl sie nur aus Bleistiftstrichen bestand, wirkte sie ebenso natürlich wie ihr Vorbild. Je länger ich sie betrachtete, desto mehr schien es mir, als leuchte sie von innen, gerade so, als ob die Sonne ihre Strahlen durch die kleinen, spitzbogigen Fenster schickte. Schweigend beobachtete ich, wie du zwei Personen hinter dem Zinnenkranz andeutetest, einen jungen Mann und ein Mädchen, es trug den gleichen Hut, der neben dir im Gras lag. Ich wagte nicht zu fragen, brauchte es auch nicht, denn während du weiter zeichnetest, sagtest du: „In der letzten Nacht trafen sich zwei Menschen auf dem Turm der Ruine, ein Herr und eine junge Dame, sie liebten sich, verborgen vor der Welt. Es wird für immer ihr Geheimnis sein.“

Deine Wangen glühten. Dann sprangst du auf, nahmst Hut und Zeichenmappe und liefst über den schmalen, steinigen Pfad weiter nach oben zur Burg. Ich blickte dir nach, sah dich hinter der Wegbiegung verschwinden, das Herz schwer von dem widersinnigen Wunsch, dich festhalten zu können.

Es war das letzte Mal, dass ich dich sah.

Einige Tage später stieg ich zur Festung Lahneck hinauf, abends, nachdem die Arbeit getan war. Das Herz schlug mir hart in der Brust und die Zunge klebte trocken an meinem Gaumen, als ich endlich am Ende des unwegsamen Pfades anlangte. Ich erinnere mich an die entsetzliche Angst, auf dem Burggelände etwas vorfinden zu können, was mich zutiefst erschrecken würde, aber etwas trieb mich weiter.

Als ich den Turm betrat, entdeckte ich einen Trümmerhaufen aus Holz und Steinen, ich erkannte in ihm die zusammengebrochene Wendeltreppe, die ehemals hinauf auf das Plateau unter dem Zinnenkranz geführt hatte. Warum nur dachte ich nicht darüber nach, dass sie eingestürzt sein konnte, nachdem du sie hinaufgestiegen warst und dir somit das Verlassen des Turms unmöglich geworden war? Ich warf einen raschen Blick nach oben. Durch die Öffnung, wo vormals die Treppe auf das Plateau geführt hatte, erkannte ich ein Stück vom blassen Abendhimmel. Als ich einen Schwarm Krähen auffliegen hörte, machte ich auf dem Absatz kehrt; hier konntest du unmöglich sein. Seit gestern weiß ich, dass du vielleicht hättest gerettet werden können, wenn ich nur früher an den Turm gedacht hätte. Nun muss ich mit dem Schmerz leben, damals blind und taub gewesen zu sein.

In jener Zeit lag ich abends vor dem Einschlafen oft lange wach und sann darüber nach, was dir wohl widerfahren war. An ein Verbrechen zu denken, schreckte mich, deshalb erfand ich eine Geschichte, in der ich dich mit dem jungen Mann durchbrennen ließ und ich schenkte euch ein glückliches Leben weit fort von allem, was bedrohlich und düster war.

Sie sagen, dass du zwei Tage oben auf dem Turm gefangen gewesen sein musstest, die zusammengebrochene Treppe stets vor Augen, bevor der Tod nach deinem Körper griff und Gott deine Seele in seine Arme nahm. Oft stelle ich mir vor, wie du eine Nachricht, einen Hilferuf auf ein Stück deines Zeichenpapiers geschrieben und es an das Hutband geknotet hast. Wie du es voller Hoffnung vom Turm heruntergeworfen und den Wind gebeten hast, es zu tragen, weit ins Tal, jemandem vor die Füße, der deine Botschaft lesen würde. Wie viele solcher Botschaften auf einzelnen Papierfetzen magst du geschrieben und über die Zinnen geworfen haben, wann wurde dein Bleistift stumpf und unbrauchbar? Und wie viele von deinen Hilferufen verfingen sich im Dickicht oder im Geäst der Bäume am Fuß des Turms, um vom nächsten Regenguss unleserlich gemacht zu werden? Wann verlorst du den letzten Rest deiner Hoffnung, liebe Idilia?

Das seidene Band deines Hutes hüte ich wie einen Schatz, und immer wenn es Nacht wird über dem Land und der Himmel seine Sterne wie Edelsteine funkeln lässt, werde ich hinaufschauen und hoffen, dass ich bei einem von ihnen Vergebung und Trost finde.

Das Mirakelbuch

(Sayn, Anno Domini 1862)

„Man hat sie geschlagen, sieh dir die Striemen an!"

„Gütiger Himmel, das arme Mädchen, wer weiß, was sie durchgemacht hat. Kein Wunder, dass sie verängstigt ist und nicht mit uns spricht."

Schwester Bernadette, beide Ärmel ihrer Ordenstracht bis über die Ellenbogen aufgekrempelt, tauchte den Schwamm ins Wasser der Blechwanne. Mit größter Behutsamkeit, darauf achtend, die Verletzungen nicht zu berühren, drückte sie ihn auf dem Rücken des darin sitzenden Mädchens aus.

„Es sind frische und ältere Wunden, sieh hier!"

Schwester Genoveva strich mit einer Hand ihren Kopfschleier nach hinten, während sie sich zu dem Mädchen herabbeugte, um die Verletzungen in Augenschein zu nehmen. Dann richtete sie sich auf.

„Ich werde Ringelblumensud anrühren und Schafgarbe dazugeben", sagte sie beim Hinausgehen, „Das wird die Heilung unterstützen."

„Sei so gut und nimm ihre Kleider zum Waschen mit", rief Schwester Bernadette ihr nach. Sie kniete sich neben die Blechwanne, schöpfte Wasser in die hohle Hand und ließ es über die knochigen Arme des Mädchens rinnen.

„Wie alt bist du?", fragte sie. „Zwölf, vierzehn vielleicht?"

Das Mädchen rührte sich nicht. Es hielt die Augen geschlossen und die angewinkelten Beine mit den Armen umschlungen, seit es in die kleine Wanne gestiegen war. Kein einziges Mal war es zusammengezuckt oder hatten die Lider geflattert. Ohne eine Reaktion hatte es sich auskleiden, in die Waschwanne setzen und einseifen lassen.

„Wir werden dir dein Haar scheren müssen", stellte Schwester Bernadette fest, als sie mit dem bloßen Auge eine winzige Kopflaus in einer Haarlocke entdeckte, die sich im Nacken des Mädchens ringelte.

Schwester Bernadette erhob sich, um eines der neuen Handtücher aus dem Wäscheschrank zu nehmen. Was täten sie nur ohne die Großherzigkeit der Fürstin?

„Komm“, sagte Schwester Bernadette und berührte das Mädchen sanft an der Schulter. Das Wasser in der Waschwanne, trüb geworden nicht nur von den Seifenrückständen, schwappte, als sich die Kleine aufrichtete. Schwester Bernadette hüllte den geschundenen Körper in das Tuch und versuchte, beim Abtrocknen so sanft wie möglich vorzugehen, um ihm weitere Schmerzen zu ersparen. Dann führte sie das Mädchen in die Ecke beim Fenster, schob ihm einen Schemel unter und nahm eine Schere aus der Schublade der Waschkommode. Locke für Locke fiel zu Boden. Stumm und ohne eine Regung nahm das Mädchen die Prozedur hin.

„Du hast ein hübsches Gesichtchen“, sagte Schwester Bernadette abschließend und bemühte sich dabei, den Bluterguss über dem rechten Auge und die zerschlagene Unterlippe zu übersehen.

„Wer hat dich nur so zugerichtet?“, fügte sie leise hinzu.

Im selben Augenblick öffnete sich die Tür. Schwester Genoveva brachte eine kleine Blechkiste herein, in der sich Tiegel und Verbände befanden. Mit geübten Handgriffen trug sie die Mixtur aus Ringelblumen und Schafgarbenkraut auf die Wunden des Mädchens auf, deckte die Verletzungen mit sauberen Verbänden ab und half ihr anschließend in ein weit geschnittenes Leinenhemd.

„Schlaf dich aus“, flüsterte Schwester Bernadette dem Mädchen zu, als sie es ins Krankenzimmer brachte, wo es sich sogleich in einem der frisch bezogenen Betten wie eine Schnecke zusammenrollte.

„Schau, was ich bei ihren Sachen fand.“

Schwester Genoveva reichte Bernadette einen aus grobem braunem Stoff gewebten und mit einer Lederschnur verschlossenen Zugbeutel.

„Hast du hineingesehen? Enthält er einen Hinweis auf ihre Herkunft?“ Schwester Bernadettes Stirn legte sich in Falten, als sie den Beutel entgegennahm.

„Nein“, antwortete Genoveva mit einem Kopfschütteln, „ich krame nicht gern in Dingen herum, die mir nicht gehören.“

Schon hatte Schwester Bernadette die Lederschnur gelöst.

„Deine Haltung ist lobenswert, Genoveva, aber dies hier ist notwendig. Vielleicht führt sie etwas bei sich, das uns hilft zu verstehen, was mit ihr passiert ist oder uns sagt, woher sie kommt.“

Als Genoveva schwieg, sah Bernadette ihr fest in die Augen. „Das Mädchen braucht Hilfe!“

Dann griff sie in den Beutel. Sie ertastete etwas Rechteckiges.

„Ein Buch?“

Schwester Bernadette hätte nicht sagen können, was sie erwartet hatte, gewiss jedoch kein Buch. Die beiden Schwestern tauschten einen fragenden Blick. Bernadette befühlte den Einband aus abgegriffenem Leder, der mit einer Schleife zusammengehalten war.

Genoveva kam näher. „Ein Diarium?“

„Das werden wir nur herausfinden, wenn wir es öffnen“, erwiderte Schwester Bernadette, die plötzlich unschlüssig schien. Sie wog das Buch in der Hand, besah sich Vorder- und Rückseite, zupfte ein wenig an der Schleife, legte es dann aber zur Seite.

„Vielleicht ist noch etwas anderes in ihrem Beutel“, meinte sie schließlich, griff erneut hinein und brachte ein Schreibblei mit abgenutzter Spitze zum Vorschein. Wieder wechselten die Schwestern einen raschen Blick.

„Das Mädchen kann nicht sprechen, aber offensichtlich schreiben“, fasste Schwester Genoveva zusammen.

„Ja“, murmelte Schwester Bernadette, „so scheint es zu sein.“

Sie schwiegen und starrten das Buch an. Schließlich packte Bernadette es mitsamt dem Griffel wieder in den Beutel, zog ihn zu und sagte: „Ich sollte zuerst mit der Mutter Oberin sprechen.“

Noch am selben Abend löste Schwester Bernadette im Beisein der Mutter Oberin die Schleife des Buches. Die Blätter bestanden aus vergilbtem, festem Papier und gleich die erste Seite war beschrieben.

Mein Buch der kleinen Mirakel war dort in sauberen, leicht nach rechts geneigten Lettern zu lesen. Die Mutter Oberin und Schwester Bernadette hoben die Köpfe, um sich anzusehen.

„Sie führt ihr eigenes Mirakelbuch?"

Die Oberin, eine stämmige Frau von fast sechzig Jahren, schüttelte den Kopf und strich sich nachdenklich über den Nasenrücken.

„Mirakelbücher hat es immer schon gegeben", sagte sie, dabei richtete sie ihren Blick wieder auf die Handschrift im Buch. „Sie sind eine großartige Möglichkeit, Wunderberichte von unseren Heiligen niederzuschreiben, damit sie nicht in Vergessenheit geraten. Dass aber jemand sein eigenes Mirakelbuch schreibt, habe ich noch nie gehört. Mirakelbücher anzulegen und fortzuschreiben ist Aufgabe von Kirche und Klöstern."

„Vielleicht sollten wir weiterblättern, um Klarheit zu bekommen", schlug Schwester Bernadette vorsichtig vor, darum bemüht, ihre Aufregung zu verbergen.

Einen Augenblick schwieg die Mutter Oberin, sie schien nachzudenken, dann reichte sie Schwester Bernadette das Buch mit den Worten: „Du bist eine gewissenhafte Schwester, Bernadette, du kümmerst dich um unsere Bedürftigen mit großer Hingabe und verrichtest deinen Dienst in der Schlosskapelle so, wie es Fürstin Leonilla gefällt. Ich vertraue dir das Buch an, nimm es, lies es und berichte mir, was dir wichtig erscheint."

Bevor Schwester Bernadette wenig später das in sechs einzelne Zellen unterteilte Dormitorium betrat, in dem sie sich zusammen mit den anderen Schwestern des Leonillastiftes zur Nachtruhe zurückzog, setzte sie sich mit dem Buch an den Holztisch in der Küche. Ihre Mitschwestern waren kurz nach der Komplet zu Bett gegangen und auch das Mädchen schlief tief und fest, wovon Bernadette sich zuvor überzeugt hatte. Im Schein einer Öllampe schlug sie die zweite Seite des Buches auf, neigte ihren Kopf ein wenig und begann zu lesen.

Sie hat mir geholfen. Wieder. Es ist das dritte Mal, dass ich um ihren Beistand flehte und sie mich erhörte und mir half. Es sind nur kleine Wunder, vielleicht weil ich nur ein kleines Mädchen bin. Aber für ein kleines Mädchen fühlt sich auch ein kleines Wunder groß an. Nun wird Oma Annas Büchlein seine Bestimmung erhalten. Ich werde es dazu verwenden, alles niederzuschreiben, was sich zutrug, damit nichts von den Wundertaten der Heiligen vergessen wird oder verloren geht. Irgendwann findet vielleicht jemand meine Zeilen, was mich freuen würde, dann wüsste ich, dass es etwas Gutes hatte, Lesen und Schreiben zu lernen. Dass die Heilige ausgerechnet mich hört und mir Gnade erweist, kann ich kaum begreifen, ist es, weil wir den gleichen Namen tragen? Oma Anna war es, die mir schon früh von ihr erzählte, von ihr kenne ich all die Geschichten und Legenden, weiß vom Rosenwunder und von der aufopferungsvollen Pflege, die sie den Bedürftigen zukommen ließ. Eine ungarische Königstochter mit einem großen Herzen. Wie selig dürfen all die sein, die sie gekannt haben!

„Es steht uns wohl an, dass wir dergleichen gern aushalten, weil wir wie das Schilfrohr im Fluss sind. Steigt der Fluss an, dann wird das Rohr gebeugt und zusammengedrückt und das überflutende Wasser durchdringt es, ohne es zu verletzen. Wenn dann die Überschwemmung nachlässt, richtet sich das Rohr wieder auf und wächst mit voller Kraft heiter und vergnügt. So ziemt es uns auch immer, dass wir gebeugt und gedemütigt werden und nachher wieder heiter und vergnügt dastehen."

(Worte der Heiligen Elisabeth von Thüringen)

Schwester Bernadette hob den Kopf, krauste die Nase und las das Geschriebene ein zweites Mal.

Eng drängten sich die Buchstaben aneinander, nur selten gab es Durchgestrichenes und es war eine saubere, gleichmäßige Handschrift, wie man sie nur durch regelmäßiges Üben erhielt.

„Dein Name ist also Elisabeth", murmelte sie, „und du verehrst deine Namenspatronin, die große Heilige."

Das Papier knisterte, als sie die übrigen Seiten durch die Finger gleiten ließ. Bis zur Hälfte war das Buch beschrieben. Da sie sich vom letzten Eintrag den größten Aufschluss erhoffte, beschloss sie zunächst dort weiter zu lesen. Mit der flachen Hand strich sie über die Falz. Dabei bemerkte sie gleich, dass sich das Schriftbild von jenem im ersten Eintrag unterschied. Ungleichmäßig und fehlerhaft schienen die Worte hingeworfen, beinah, als seien sie in größter Eile oder unter erschwerten Umständen geschrieben worden.

Drittes Mirakel:

Es geschah am Tage, da ich die Grafschaft Sayn erreichte, müde, mit wundgelaufenen Füßen und Löchern in beiden Schuhsohlen. Noch immer fürchtete ich, er könnte mich finden, zurückbringen und aus Wut über mein Fortlaufen die Gerte nehmen.

Ich hatte nicht gewusst, wie lange man unterwegs sein muss, will man von Neuwied nach Sayn gelangen. Immer wieder musste ich Fremde nach der Richtung fragen, das letzte Stück hat mich einer auf seinem Milchkarren mitfahren lassen. Ihn habe ich nach der Heiligen Elisabeth gefragt und wo in Sayn ich sie finden kann. Oma Anna sprach nämlich davon, dass man die Heilige in Sayn besonders verehrt, sogar eine Kapelle für sie gebaut hat, in der man sie sehen kann. Ich verstehe nicht, was sie damit meint. Wenn jemand tot ist, wird er begraben. Wie soll es dann gehen, dass man ihn dennoch sehen kann?

Der Milchbauer hat geantwortet, dass es die fürstlichen Herrschaften zu Sayn-Wittgenstein-Sayn waren, vor allem aber Fürstin Leonilla, die eine Nachfahrin der Heiligen Elisabeth sei, die diese Kapelle haben bauen lassen. Der Bau sei erst vor kurzem beendet worden und ein Teil des Armknochens der heiligen Elisabeth würde dort verwahrt. Auch das will mir nicht in den Kopf. Aber ich weiß, dass Oma Anna mir nie etwas erzählen würde, was nicht der Wahrheit entspricht.

Auch vom Leonillastift hatte Oma Anna gesprochen, das man nach der Fürstin zu Sayn-Wittgenstein-Sayn benannt hat. Und von den großherzigen Schwestern. Also lief ich durch die Gassen, die Schwes-

tern zu suchen, doch was ich fand, war ein Schloss wie aus den Märchen, die Oma Anna mir immer vor dem Einschlafen erzählt. Auf der Spitze des Turms flatterte eine Wappenfahne, rot, mit einem goldenen Löwen. Ich versuchte die Fenster zu zählen und die kleinen spitzen Türmchen über dem Gesims, es waren zu viele. Im Hintergrund sah ich den Burgberg aufragen und davor die rauchenden Schlote, die mich an die Hermannshütte erinnerten. Eine ganze Weile stand ich und schaute an der Fassade auf und ab, als könne ich allein durch das Schauen die Kapelle finden, die sich irgendwo in dieser prächtigen Residenz befinden sollte.

Ich kann nicht sagen, was mich trieb oder wer mir den Mut eingab, dies zu tun, aber meine Füße bewegten sich wie von selbst. Ich dachte weder an mein staubiges Kleid oder die durchgelaufenen Schuhe, noch an mein geschundenes Gesicht und dass mein Äußeres nicht taugte, um solch ein fürstliches Anwesen zu betreten. Dachte nur an die Heilige und überlegte, wie ich zu ihr gelangen könnte. Eine breite Treppe führte zum Portal, die lief ich hinauf und glaubte wohl immer noch, ich könne einfach ins Schloss hineinspazieren. Aber auf dem obersten Treppenabsatz trat mir ein Schlossdiener in den Weg. Er trug helle Kniebundhosen und eine blaue Jacke mit verziertem Revers. Mit einer Handbewegung wollte er mich wegscheuchen, so wie man einen Hund davonjagt. Als ich ihm sagte, dass ich die Heilige sehen wolle, legte er die Stirn in Falten, begann mit mir zu schimpfen und mich gleichzeitig auszulachen. Es tat weh, beinahe so als würde ich die Gerte auf dem Leib spüren, und doch anders. Ich konnte ihm nichts entgegnen, es war, als steckten die Worte in meinem Hals fest. Wieder rief ich mir die Zeilen vom Schilfrohr ins Gedächtnis. Ich kann sie inzwischen mühelos aufsagen und wenn ich es tue, ist es, als sei ich nicht allein.

Dann geschah das Unfassbare! Das dritte Wunder.

Mit einem Mal übertönte eine Stimme das hässliche Lachen, sodass es auf den Lippen des Schlossdieners erstarb. Eine Frau trat an ihm vorbei, die schönste Erscheinung, die ich jemals gesehen habe! Sie trug ihr schwarzes Haar in der Mitte gescheitelt und am Hinterkopf aufgesteckt. Ihr lavendelfarbenes Kleid reichte bis auf den

Fußboden. Eine Kette aus schneeweißen Perlen schmückte ihren Hals. Ihre Augen waren so dunkel wie ihre Stimme und sie sprach wie jemand, der aus einem fremden Land stammt, aber in ihrem Lächeln lag etwas so Freundliches, wie ich es nur von Oma Anna kenne.

„Was ist dir geschehen?", fragte sie mich, beugte sich zu mir herab und betrachtete die Wunde auf meiner Lippe und das angeschwollene Auge. So gern hätte ich ihr etwas entgegnet, aber die Worte wollten noch immer nicht heraus. ‚Ich suche die Heilige Elisabeth!', hätte ich am liebsten gerufen, doch meine Lippen waren wie gelähmt. Im Stillen fing ich an, zu meiner Namenspatronin zu beten.

Aus dem Augenwinkel sah ich, dass derweil eine junge Ordensschwester zu uns getreten war. Sie trug ihre schwarze Tracht, darüber eine Arbeitsschürze und im Arm einen Strauß aus blauem Rittersporn.

„Ihre Durchlaucht", grüßte sie mit einem Knicks und warf erst der feinen Dame, dann mir einen fragenden Blick zu.

Ich wusste, dass man so nur in Gegenwart von Adeligen spricht, demnach musste die feine Dame die Fürstin sein, und wenn wahr sein sollte, was man sich erzählt, dann stand ich vor einer Nachfahrin der Heiligen Elisabeth! Ich senkte den Kopf und versuchte ebenfalls einen Knicks. Da ich nicht geübt darin war, misslang er, aber die Fürstin lächelte mich gütig an.

„Die Armenküche ist dort drüben", sagte die Schwester mit den Blumen im Arm zu mir. Sie lächelte, deutete mit einer Kopfbewegung zur Seite und fügte, an die Fürstin gewandt, hinzu: „Seit wann verirren sich die Bedürftigen an Eure Tür, Durchlaucht?"

„Nun, vielleicht dann, wenn sie fremd hier sind", antwortete sie und richtete sich auf. „Ich schlage vor, dass Sie zuerst Ihre Arbeit in der Kapelle verrichten, Schwester Bernadette, und das Mädchen anschließend mit ins Krankenzimmer nehmen. Sie sieht aus, als bedürfe sie Ihrer kundigen Hand und einer warmen Mahlzeit. Ich werde morgen nach ihr sehen."

Ich konnte nicht glauben, was ich soeben gehört hatte!

Schwester Bernadette hielt inne, lehnte sich im Stuhl zurück und rieb sich die Augen. Der Lichtschein der Öllampe genügte kaum noch zum Lesen. Bernadette drehte an der Regulierschraube, um das Flämmchen zu vergrößern, doch sie merkte, dass es zwecklos war; das Lampenöl war aufgebraucht.

Sie rief sich die großen Augen des Mädchens ins Gedächtnis, das Staunen in ihrem Blick, das aufgeregte Trippeln ihrer kleinen Füße, als sie neben ihr durch den Korridor des Ostflügels bis zur Kapelle gelaufen war. Schwester Bernadette hatte geglaubt, eine Art Neugier oder Vorfreude in ihrem Gesicht lesen zu können, unerklärlich war diese Ahnung gewesen, jetzt jedoch wusste sie, dass sie sie nicht getrogen hatte.

Zu sehen, dass die Kleine sich mit den Riten der Kirche auskannte, die Fingerspitzen wie selbstverständlich in das mit Wasser gefüllte Marmorbecken tauchte, sich bekreuzigte und sich daraufhin gleich zum Beten niederkniete, hatte Bernadette ein Lächeln entlockt.

Noch einmal drehte Schwester Bernadette an der Schraube, um die Flamme des Öllichtes zu vergrößern, vielleicht genügte es zum Lesen der letzten Zeilen.

Es fiel mir schwer, Schritt zu halten, weil ich mich wie in Oma Annas Märchen fühlte. Plötzlich vermisste ich sie und ich wünschte mir, sie könne sehen, was ich sah: Wände mit prächtigen Malereien, wunderschön verzierte und geweißte Decken und mächtige Kandelaber und Lüster, in denen die Sonnenstrahlen funkelten. Als wir die Kapelle betraten, ging die Schwester durch den Mittelgang nach vorne zur Chorschranke. Die Blumen legte sie auf den Fußboden. Eine ganze Weile war sie damit beschäftigt, den Rittersporn in einer Vase zu ordnen und sich um die Kerzen zu kümmern. Ich aber kniete, schrieb in mein Buch, sah das Licht durch die bunten Glasfenster fallen und fühlte mich zum ersten Mal sicher. Niemand wusste, wo ich mich aufhielt, niemand würde mich hier finden, die Gerte war weit fort.

Ein letztes Mal zitterte das Flämmchen in der Öllampe, dann verlosch es. Bernadette seufzte. Im Dunkeln klappte sie das Mirakelbuch zu, erhob sich und schlich unbemerkt zu ihrer Zelle im Dormitorium, wo die Mitschwestern in tiefem Schlummer lagen.

Lange fand Schwester Bernadette keinen Schlaf, immerzu wanderten ihre Gedanken zu dem Mädchen mit der frommen Seele, dem man so viel Gewalt angetan hatte. Welcher Mensch hatte sie derart gepeinigt? Sie würde das Buch von Anfang an lesen müssen, um es herauszufinden.

Nachdem die Schwestern am darauffolgenden Tag die Mittagshore beendet und das Gebetszimmer verlassen hatten, blieb Schwester Bernadette als Einzige zurück. Sie ließ einen Augenblick verstreichen, dann zog sie das Mirakelbuch aus der Tasche ihres Ordenskleides. Gedankenverloren strich sie über den Einband, löste die Schleife und öffnete es.

Erstes Mirakel:

Oma Anna und ich sind oft allein im Haus. Wenn mein Vater und die Geschwister am Morgen zur Hermannshütte gehen, um Geld zu verdienen, bleiben Oma Anna und ich zu Hause, machen die Wäsche, fegen die Stube und bereiten die Mahlzeiten zu. Ich bin die Älteste, aber auch die Schwächlichste. Ich huste oft und es fehlt mir an Kraft.

In der Hermannshütte wird schwer gearbeitet, ich sehe es meinen Brüdern an, wenn sie am Abend nach Hause kommen. Sie klagen nie. Täten sie es, schlüge unser Vater zu. So schlägt er nur mich. Ich bin zu nichts zu gebrauchen, verdiene kein Geld und fresse den andern das Essen weg, sagt er. Zum Schulhaus darf ich nicht mehr gehen, ich glaube, er will nicht, dass jemand dort bemerkt, was er mit mir macht. Zuerst schlug er mich mit der Hand, später suchte er Stöcke, weiche, biegsame Weidengerten, die ziehen besser, sagt er. Ich darf keinen Ton von mir geben, wenn er zuschlägt, er verbietet es mir, und manchmal hört er erst auf, wenn es blutet. Wenn ich es nicht aushalte, stecke ich mir eine Faust in den Mund, damit ich das Schreien unterdrücken kann. Oma Anna ist da, um mich zu trösten, aber sie weint, während sie mich in ihren Armen wiegt. Manchmal dauert es lange, bis die wehen Stellen heil werden, wir haben kein Geld für

Verbände und zu einem Arzt dürfen wir nicht gehen. Bete zur Heiligen Elisabeth, sagt Oma oft, sie ist deine Namenspatronin, sie hilft den Bedürftigen. Irgendwann habe ich damit angefangen.

Für einen Augenblick hielt Schwester Bernadette inne. „Das arme Kind", flüsterte sie voller Entsetzen. Dann richtete sie ihren Oberkörper auf und faltete die Hände im Schoß, in dem das aufgeklappte Buch ruhte, um ein Ave Maria für die geschundene Seele zu beten.

Als er mich am Sonntagabend in den Schuppen zerrte, mit der Weidengerte in der Hand, und mich bäuchlings über den Hackblock legte, dachte ich an die Heilige Elisabeth und wie tapfer sie die Gewalt, die man ihr antat, ertrug. Während die Schläge auf mich herabzischten, erinnerte ich mich an die Worte vom Schilfrohr im Fluss, ich sagte sie mir im Stillen, immer wieder von vorn, so lange, bis er die Gerte auf die Erde warf, mich in die Ecke stieß und aus dem Schuppen lief. Wie durch ein Wunder spürte ich die Schmerzen kaum, obwohl meine Haut pochte und brannte.

Da wusste ich, dass die Heilige bei mir gewesen war und ich fiel auf die Knie und dankte ihr von Herzen. In derselben Nacht lief ich fort.

„Der eigene Vater", berichtete Schwester Bernadette kurz darauf der Mutter Oberin, die bestürzt mit einer Hand das kleine Eisenkreuz berührte, das sie an einer Kette um den Hals trug.

„Elisabeth entstammt einer kinderreichen Familie", fügte Bernadette hinzu. „Sie erwähnt die Mutter nicht, daher nehme ich an, dass der Vater seine Kinder und die Großmutter allein durchbringen muss. Es ist wie überall, jedes Kind wird gezwungen, arbeiten zu gehen, damit die Familie ihr Auskommen hat."

„Und die, die dazu nicht in der Lage sind", fügte die Mutter Oberin hinzu, „werden zur Strafe halbtot geprügelt?"

Sie wandte sich ab, um sich an ihren Arbeitstisch zu setzen. „Wie geht es dem Mädchen?"

Ein Lächeln erhellte Bernadettes Gesicht. „Genoveva sagt, sie habe heute früh zwei große Schüsseln Milchsuppe verschlungen. Außerdem hat sie ihre Verbände gewechselt und wir mühen uns, dem Kind die Angst zu nehmen, damit sie mit uns spricht."

„Drängt sie nicht", sagte die Mutter Oberin und nahm einen Bogen Papier zur Hand. „Ich werde der Fürstin ein paar Zeilen zukommen lassen, das Mädchen liegt ihr am Herzen."

„Alle unsere Bedürftigen liegen ihr am Herzen", wagte Bernadette hinzuzufügen. Die Mutter Oberin nickte.

„Wir sollten das Mädchen bei uns behalten, bis es vollständig gesundet ist. Außerdem …", sie tauchte die Spitze der Schreibfeder in das kleine Tintenfass. Bevor sie sie erneut aufs Papier setzte, blickte sie Bernadette an, „… sollten wir darüber nachdenken, die fromme kleine Seele in unserer Kongregation aufzunehmen."

Zweites Mirakel:

Ich war so erfüllt von der Tatsache, dass die Heilige Elisabeth mir ihren Beistand gewährt hatte, dass ich nicht aufhören konnte, ihr in Gebeten zu danken. Ich dachte keinen Augenblick darüber nach, dass er mich suchen könnte und vor allem nicht, dass er mich finden würde. Ich war erst ein paar Stunden unterwegs, es war früher Morgen, nicht einmal richtig hell und ich lief ohne Ziel, als ich plötzlich seine Stimme hinter mir hörte, die meinen Namen brüllte. Ich erschrak und wusste nichts zu sagen, darum biss ich mir auf die Lippen und schwieg. Ich weiß bis heute nicht, von wem er den Wagen geliehen hatte und die beiden Gäule, die ihn zogen. Er schimpfte und drohte mir, bis wir daheim waren, hieb auf die Gäule ein, die ihm nicht schnell genug liefen und kaum dass wir zu Hause waren, stieß er mich in den Schuppen und verriegelte das Tor von außen. Ich stürzte und schlug mit dem Kopf gegen einen Holzbalken, meine Lippe platzte auf und fing an zu bluten und über dem Auge klopfte der Schmerz. Der Schuppen hat kein Fenster, es ist immer dunkel darin und kalt und in den Ecken huschen die Mäuse. Damit ich mich nicht fürchten musste, hockte ich mich nah an die Wand, wo ich durch einen schmalen Mauerspalt nach draußen ins Helle schauen konnte. Ich rief mir die Worte vom Schilfrohr in Erinnerung und flüsterte sie in die Finsternis, wieder und wieder.

Irgendwann später knarrte das Tor. Ich kroch in die hinterste Ecke. Aber als ich genau hinsah, erkannte ich Oma Anna im Torrahmen.

Sie schlug beide Hände vors Gesicht, als sie mich erblickte und drückte mich vorsichtig an sich. Dann gab sie mir ein Schmalzbrot in die Hand und einen der schrumpeligen Äpfel, die wir im Keller in einer Kiste aufbewahren und von denen wir Kinder nie unerlaubt einen nehmen dürfen. Weil ich ausgehungert war, aß ich beides sofort auf, obwohl die Kruste auf der Lippe beim Essen wieder aufplatzte und der Apfel nach Blut schmeckte.

„Hör zu", sagte sie, „alle sind auf der Hütte. Mach dich auf den Weg, geh nach Sayn, frag dort nach den Schwestern vom Leonillastift. Sie haben ein großes Herz und werden dich aufnehmen."

Oma Annas Augen glänzten, als sie mir übers Haar strich.

„Du wirst mir fehlen, mein kleines Mädchen, aber ich habe Angst, dass er dich totschlägt."

Wieder drückte sie mich behutsam an sich.

„Hier", sagte sie und reichte mir den Zugbeutel, in dem sie ihre Wolle und die Stricknadeln aufbewahrte. Durch den groben Stoff ertastete ich, dass sich jedoch etwas anderes in dem Beutel befand.

„Nimm es an dich, mein Mädchen, und versprich mir, dass du nicht aufhörst zu schreiben und zu lesen. Es ist wichtig, dass du es nicht verlernst."

Ich nickte gehorsam, auch wenn ich nicht verstand, was sie mir damit sagen wollte.

Was ich aber später auf der staubigen Straße von Neuwied nach Engers verstand, war, dass es niemand anderes als die Heilige Elisabeth gewesen sein konnte, die Oma Anna aufgetragen hatte, mich aus meinem Gefängnis zu befreien.

Schwester Bernadette schloss das Buch. Sie rieb sich die Augen und seufzte.

„Du bist ein außergewöhnliches kleines Mädchen, Elisabeth“, sagte sie leise. Ein Schmetterling landete neben ihr auf der von der Sonne beschienenen Gartenbank. Seine schwarz-bunten Flügel zitterten, dann flog er über die Rosensträucher davon, hinauf in die Zweige der alten Laubbäume. Bernadette blickte ihm nach. Der Garten hinter dem Leonillastift war ein guter Ort, um gesund zu werden. Sie erhob sich, strich mit beiden Händen über die Falten ihres Ordenskleides und nahm das Buch.

„Und ich weiß, wie ich dir eine Freude machen kann“, murmelte sie. Durch die Hintertür betrat sie das Haus, stieg die Treppe herauf und ging durch den Flur ins Krankenzimmer.

Elisabeth saß mit untergeschlagenen Beinen auf der Bettdecke und starrte aus dem Fenster.

Schwester Bernadette trat zu ihr. Das Buch legte sie ihr in den Schoß.

„Du hast es sicher schon vermisst?“

Elisabeth senkte den Blick, mit zwei Fingern strich sie über den Ledereinband. Bernadette bemerkte, dass das Mädchen geweint hatte.

„Deine Oma Anna ist eine beherzte Frau.“ Bernadette setzte sich zu ihr auf die Bettkante.

„Sie hat das Richtige getan“, ergänzte sie mit ruhiger Stimme. „Sie schickte dich fort, weil sie dich lieb hat und weil sie wusste, dass niemand dich beschützen kann, solange du zu Hause bist.“

Elisabeth blickte auf. Bernadette sah die rot geweinten Augen und dass der Wundschorf auf der Lippe dank Genovevas Salben allmählich verheilte. Wieder richtete das Mädchen den Blick zurück auf das Buch.

„Ich habe von den Mirakeln gelesen“, fuhr Bernadette leise fort. „Es ist gut, dass du all das niedergeschrieben hast. So erfahren auch die, die nach uns kommen, welche Wundertaten unsere Heilige gewirkt hat.“

Aus halb geöffneten Lidern blinzelte Elisabeth die Schwester an. Trotz der Verletzungen in ihrem Gesicht wirkte sie frischer, nicht mehr müde, nicht so blass wie zuvor.

„Wenn du möchtest, darfst du eine Weile bei uns bleiben“, sagte Bernadette. „Die Mutter Oberin hat Fürstin Leonilla um Erlaubnis gebeten, sie ist einverstanden.“

Rasch senkte Elisabeth den Kopf mit dem kurz geschorenen Haar, ihre Finger krallten sich um das Buch. Bernadette ließ ihr Zeit zum Überlegen.

„Möchtest du?“

Elisabeth nickte kurz und heftig, ohne dabei aufzublicken. Der weite Halsausschnitt ihres Leinenhemdes ließ einen Teil der Verbände erkennen, die die Striemen auf den Schultern bedeckten. Bernadette, die sich die Qualen nicht vorzustellen vermochte, die das Mädchen hatte aushalten müssen, tastete nach Elisabeths Hand, bis sie ihre Fingerspitzen berührte. Noch immer hielt das Mädchen den Kopf gesenkt.

„Beim Bau der Schlosskapelle ließ man in die Mitte des Altares eine runde Scheibe ein“, begann Bernadette leise. Es klang wie der Anfang eines Märchens, das Elisabeth noch nicht kannte. „Dahinter wird ein Schrein aufbewahrt, in Form einer segnenden Hand. Er glänzt in purem Gold und ist besetzt mit Edelsteinen und feinen goldenen Ranken.“ Elisabeth hob den Kopf. Ihre Augen leuchteten. Schwester Bernadette erhob sich.

„Komm, ich zeige ihn dir.“

Historische Anmerkungen

Ein Engel für Aleydis

Die Zisterzienserabtei Marienstatt besteht seit dem Jahre 1227 und steht in der direkten Nachfolge des Gründungsklosters Cîteaux in Burgund (1098). Kloster und Abteikirche befinden sich im Tal der Großen Nister, unweit von Hachenburg und gehören zur Gemeinde Streithausen.

Der Umgang mit geistig und körperlich beeinträchtigten Menschen wurde im Mittelalter vor allem geprägt durch den damals vorherrschenden Aberglauben. Viele behinderte Kinder wurden nach der Geburt getötet, weil man dämonischen Einfluss fürchtete. Auch sah man körperliche Entstellung oder einen schwachsinnigen Geist als Strafe Gottes für die Sünden der Vorfahren an. Nicht wenige Eltern verstießen deshalb ihre behinderten Kinder. Thomas von Aquin (1225–1274) schuf mit seiner Almosenlehre erste christliche Ansätze zur Entwicklung der frühen Diakonie, doch auch diese Fürsorgeregeln schlossen nach wie vor zahlreiche Personen aus, zum Beispiel die meisten geistig Behinderten. Selbst Martin Luther (1483–1546) soll empfohlen haben, man solle „Wechselbälge" und „Kielkröppe" ersäufen, da ein solches Kind lediglich ein vom Satan in die Wiege gelegtes Stück seelenloses Fleisch sei. (Martin Luther, aus einer Tischrede, zitiert bei Walter Bachmann: Das unselige Erbe des Christentums: Die Wechselbälge. Fulda 1985, 31f.)

Die Verlorene

Charakteristisch für die Prämonstratenserstiftungen zu Beginn des 12. Jahrhunderts war die Anlage eines Doppelklosters, einer klösterlichen Gemeinschaft von Nonnen und Mönchen, die jeweils in einem eigenen weiblichen bzw. männlichen Konvent lebten, beide räumlich streng voneinander getrennt. Rechtlich, geistig und wirtschaftlich lebten sie jedoch gemeinsam. Die Klöster Wülfersberg und Rommersdorf lagen nur einige hundert Meter voneinander entfernt, in der Nähe des Neuwieder Stadtteils Gladbach.

Noch im Jahr 506 verbot eine Kirchensynode aus moralischen Gründen solche Doppelklöster, „sowohl wegen der Hinterlist des Satans als wegen übler Nachrede der Leute".

Nachdem Wülfersberg 1140 erbaut worden war, wurde 1179 die Gütertrennung zwischen der Mutterabtei Rommersdorf und Wülfersberg vollzogen.

1521 löste man das Kloster aus wirtschaftlichen Gründen auf. Heute erinnert nur noch eine kleine Kapelle an den Ort, an dem einst die Prämonstratenserinnen lebten.

Kreuz, Dolch und Hütestab

1506 wurde Heinrich I., der damalige Burgherr zu Reichenstein, aus ungeklärten Gründen in der Nähe der Gemarkung Wienau erschlagen. Bis heute kennt man weder seinen Mörder noch die genauen Umstände seines Todes.

Seine einzige Tochter Klara, damals ein junges Mädchen, verzichtete nach seinem Tod auf ihre Rechte als letzte Erbin der Reichensteiner Linie und trat ins Cecilienstift nach Köln ein, das seinerzeit unter der Leitung ihrer Großtante Else von Reichenstein stand.

1548 legte auch Klara das Gelübde als Äbtissin ab. Sie starb im Jahre 1580.

Seelenschwestern

Die Isenburg (erbaut um 1100), auf einem Bergkegel inmitten zerklüfteter Täler im Sayntal gelegen, galt als eine der wehrhaftesten und sichersten Burgen zwischen Mittelrhein und Westerwald. Im Jahre 1633, im Verlauf des Dreißigjährigen Krieges, wurden Ort und Burg Isenburg von spanischen Truppen unter Marqués von Celada eingenommen und besetzt, jedoch nicht zerstört. Im März 1634 überwältigte ein Wittgensteinsches Regiment die spanischen Besatzer und nahm sie gefangen.

Versprochen

In den Wirren des Dreißigjährigen Krieges suchte die Pest unzählige Städte und Landstriche heim. Auch Hachenburg blieb nicht verschont. 1636 raffte eine Pestwelle 251 Hachenburger und 160 auswärtige Flüchtlinge dahin. Das Erbenfeld, ein Flurstück, etwa 2,5 km außerhalb der Stadt gelegen, welches heute als *Untere Selbach* bekannt ist, wurde zum Pestfriedhof.

Maßnahmen zur Bekämpfung der Seuche waren im 17. Jahrhundert noch nicht bekannt, da man nichts über den Übertragungsweg der Krankheit wusste.

Theriak, ein Gemisch aus verschiedenen Kräutern, Opium und Wein, galt seit dem Mittelalter als eine Art Allheilmittel gegen Seuchen und andere schwere Krankheitssymptome.

Funkenflug

Bis ins 17. Jahrhundert führte man in Dierdorf Hexenprozesse, Folterungen und Hexenverbrennungen durch. Vom letzten Prozess dieser Art wird 1651 berichtet, etwa 100 Jahre nach Einführung der Reformation in Dierdorf. Verhöre und Prozesse fanden im Uhrturm statt, einem der drei zur mittelalterlichen Stadtbefestigung gehörenden Türme.

In Dierdorf selbst sind 23 und im gesamten kirchlichen Bezirk 90 verurteilte Frauen und Männer namentlich belegt.

Wolfsaugen

Im Jahre 1202 feierte man die Weihe der Prämonstratenserabtei in Sayn, die schon kurze Zeit später ein hohes Ansehen erwarb. Nicht zuletzt trug die kostbare Armreliquie des Heiligen Apostels Simon dazu bei, welche im Jahre 1206 durch den Kölner Erzbischof Bruno II. nach Sayn gelangte. Damit erreichte die Abtei den Status einer Wallfahrtstätte, die viele gläubige Pilger anzog.

Der in der Geschichte erwähnte Brunnen erlangte seine Bedeutung, nachdem man die Armreliquie während des Dreißigjährigen Krieges dort versteckte, damit sie nicht in die Hände des Feindes gelangte. Das Wasser des Brunnens ist seither angeblich nie mehr gefroren.

Ein Stück vom Himmel

Januarius Zick (1730–1797) ließ sich während seiner Schaffenszeit als kurtrierischer Hofmaler 1761 in Ehrenbreitstein nieder, vermählte sich ein Jahr später und wurde Vater von vierzehn Kindern.

Einer seiner Schüler war Benedikt Beckenkamp (1747–1828). Er verbrachte eine unbestimmte, nicht durch Quellen belegte Lehrzeit bei seinem Meister in Ehrenbreitstein. Sein erstes signiertes Werk als Kunstmaler wird auf das Jahr 1776 datiert.

Das Geheimnis der Hainbuche

Von 1701 bis 1725 dauerte der Bau des fürstlichen Schlosses zu Dierdorf. Ende des 17. Jahrhunderts begannen unter der Herrschaft von Fürst Carl Ludwig zu Wied-Runkel und Fürstin Karoline die Arbeiten zur Anlage des weitläufigen Schlossparks, der sich bis nach Wienau erstreckte. Mit seinen vielen Laubengängen, der Orangerie, Springbrunnen, Heckenlabyrinthen, Pavillons und Kolonnaden zählte er zu einer der prachtvollsten Gartenanlagen der damaligen Zeit.

Drei goldene Münzen

Zwischen 1750 und 1850 wurde Deutschland von verschiedenen Räuberbanden in Atem gehalten. Mathias Weber, genannt *Der*

Fetzer, 1778 in Grefrath bei Aachen geboren, galt damals als einer der meistgesuchten Räuber im Land.

Auf der Flucht vor Polizei und Justiz verlagerte er zusammen mit seiner Bande etwa um 1798 seine Raubzüge in die Neuwieder Gegend, unter anderem nach Engers. Nachdem man ihn mehrfach gefangengenommen hatte, er jedoch jedes Mal aus der Haft hatte fliehen können, wurde schließlich 1802 in Köln das Verfahren gegen ihn eröffnet.

Es konnten ihm mehr als 180 Einbrüche und Raubüberfälle sowie zwei Morde nachgewiesen werden, sodass er 1803 auf der Guillotine auf dem Alter Markt in Köln im Alter von nur 25 Jahren öffentlich hingerichtet wurde.

Das seidene Band

Eine Legende rankt sich um die junge Schottin Idilia Dubb, die im Sommer 1851 mit ihren Eltern und Geschwistern eine Schiffsreise auf dem Rhein unternahm und dabei Station in Lahnstein machte. Bis heute teilen sich die Meinungen darüber, ob das traurige Schicksal des im Turm der Burg Lahneck eingeschlossenen und dort verstorbenen Mädchens Wahrheit oder nur eine melancholische Geschichte ist.

Das Mirakelbuch

Unweit des Sayner Schlosses befindet sich seit über hundert Jahren ein Backsteinhaus, über dessen Eingang noch heute der Schriftzug *Leonillastiftung* zu lesen ist. Dieses ehemalige Heim für Kranke und Waisen geht auf die Gründung der damaligen russischen Fürstin Leonilla zurück, die im Jahre 1850 mit ihrem Mann Ludwig zu Sayn-Wittgenstein-Sayn und ihren Kindern das Sayner Schloss bezogen hatte.

Leonilla, die als herausragende Schönheit ihrer Zeit galt, besaß ein großes Herz für Kranke, Arme und Kinder. Sie starb 1918 im gesegneten Alter von 102 Jahren und fand in der Sayner Schlosskapelle ihre letzte Ruhestätte.

Ebenfalls dort befindet sich ein kostbares Reliquiar mit einer Armreliquie der Heiligen Elisabeth, eine Schenkung des ursprünglichen Besitzers von Schloss Sayn, Graf Boos von Waldeck, an Fürstin Leonilla, die eine Nachfahrin der Heiligen war.

Die Autorin

Michaela Abresch, Jahrgang 1965, geboren und aufgewachsen im Westerwald.

Nach mehreren Veröffentlichungen in verschiedenen Anthologien ist *Das Mirakelbuch* ihr erster eigener Erzählband.
Michaela Abresch lebt mit ihrer Familie in Dierdorf, einer Kleinstadt im Westerwald, und ist tätig in der pädagogisch-pflegerischen Arbeit mit schwerstmehrfachbehinderten Menschen.

„Das Beste am Schreiben ist, dass sich dabei ein Fenster und damit der Blick auf ein unbekanntes Land öffnet, in dem der Schreiber zum Entdecker, Schöpfer und Zauberer wird."

DANKE Euch,
die Ihr mein Ziel von Anfang an Ernst genommen
und mich während der Entstehung dieses Buches
begleitet, unterstützt, ermutigt und inspiriert habt.
Seid gewiss, dass es ohne Euch
einige meiner Geschichten so nicht gäbe.

DANKE allen,
die sich auf meine kleinen Zeitreisen
haben mitnehmen lassen.
Vielleicht hat hier und da jemand Gefallen
daran finden können,
es wäre mir eine Freude.

Herzlichst
Michaela Abresch

Weitere Bücher von Michaela Abresch

Ostrakon
Die Scherbenhüterin

ISBN: 978-3-86282-229-4
404 Seiten
EUR 15,90
acabus Verlag August 2013

Erez Ysrael, 55-73 n. Chr. Inmitten einer von blutigen Unruhen geprägten Zeit lebt die junge Halbjüdin Daya, deren Mutter eine Vertraute Jeschuas von Nazerat war. Nach einem schrecklichen Brand verliert Daya ihre Sprache und ihre Erinnerungen. Auf der Suche nach den versteckten Aufzeichnungen ihrer Mutter über Jeschua begegnet sie dem Freiheitskämpfer Mattaji, der gegen die römische Besatzung kämpft.

Meermädchen und Sternensegler
Geschichten zwischen Traum und Wirklichkeit

Paperback ISBN: 978-3-86282-334-5
Hardcover ISBN: 978-3-86282-381-9
188 Seiten
Paperback: EUR 11,90
Hardcover: EUR 19,90
acabus Verlag März 2015

Ein Buch zum Träumen, Sehnen und Sternensegeln!
Sieben zauberhafte Geschichten entführen den Leser in märchenhafte Welten, an die unbändige Küste des Atlantiks und in die dichten Wälder des Nordens. Sie erzählen von der Sehnsucht nach Freiheit und dem Wunsch nach Zweisamkeit, von der Suche nach dem eigenen Glück und der Magie der Selbsterkenntnis. Durch Mut und Zuversicht werden Träume Wirklichkeit.